Der alte Monsieur Gris lebt einsam und traurig in seinem Haus am Strand, seit langer Zeit schon. Sein Leben kennt keine Freude mehr, seit seine geliebte Frau Josepha, die für ihr Leben gern jeden Tag ins Meer hinaus schwamm, vor sieben Jahren in der Brandung den Tod fand. Das Meer hat sie genommen, er kann sie nicht vergessen.
Als aber eines Nachts ein gewaltiger Sturm an der Küste aufzieht, kommt es zu einer schicksalhaften Begegnung: Am Strand liegt ein unglücklicher Delphin, der die Hilfe des Monsieur Gris braucht.
«Das junge Tier stieß einen leicht näselnden Laut aus, wie das Quietschen eines Spielzeugs. Das rote Auge rollte in alle Richtungen. Dieser Blick drang Monsieur Gris bis ins Herz.»

In der ‹Nacht der Delphine› wird das Band zwischen Mensch und Natur neu geknüpft. Hugo Verlomme erzählt ein modernes Märchen voller Wärme und Magie über das Meer und unsere Sehnsucht nach wahrer Freundschaft.

Hugo Verlomme, 1952 in Paris geboren, ist seit jeher fasziniert vom Schreiben – und vom Meer. Von ihm erschien u.a. ein Buch über ‹Reisen mit dem Frachtschiff›. Er lebt heute in Frankreich und Kanada und engagiert sich für den Schutz der großen Meeressäuger.

Unsere Adresse im Internet: www.fischerverlage.de

Hugo Verlomme

Die Nacht der Delphine

Eine Geschichte
der Hoffnung

Aus dem Französischen
von Maria Wolf

Fischer Taschenbuch Verlag

Veröffentlicht im Fischer Taschenbuch Verlag,
einem Unternehmen der S. Fischer Verlag GmbH,
Frankfurt am Main, November 2006

Die Originalausgabe erschien
unter dem Titel ‹La Nuit des Dauphins›
bei Éditions Jean-Claude Lattès

Die deutschsprachige Erstausgabe ist erschienen
im Scherz Verlag 1997

Druck und Bindung: Ebner & Spiegel, Ulm
Printed in Germany
ISBN-13: 978-3-596-17291-7
ISBN-10: 3-596-17291-8

Eröffnung

«Niemand ist eine Insel.»

John Donne

«Ein seltsames Jahresende», dachte Monsieur Gris und erinnerte sich wehmütig an den Schnee und die Spiele von damals, die Spaziergänge in den Bergen, bei denen Josepha immer rote Wangen bekam, den Harzgeruch der Tannen, die sternklaren Nächte unter der warmen Decke mit seiner Geliebten.

Wie fern dies alles erschien!

Die Stadt erstickte in der Hitze, der Asphalt der Bürgersteige schmolz unter den Füßen, und düstere Gedanken trübten Gris' Tage.

Überall wurden Türen und Fenster aufgerissen, um auch den geringsten Luftzug einzufangen; alles drängte hinaus auf die Straßen und an den Strand. Schon lange hatte kein Wind mehr geweht. Die schönen, glatten Wellen, die früher ans Ufer der Bucht brandeten, waren einer reglosen Fläche gewichen, in der von morgens bis abends Abkühlungsuchende träge herumpaddelten. Händler mit ihren Bauchläden, bummelnde Studenten und Künstler, deren Inspirationsquellen versiegt waren, schlenderten ziellos am Ufer entlang. Ein eifernder Prediger prophezeite von der Mole herab den bevorstehenden Weltuntergang. Kleine Grüppchen standen am Ufer, den Blick auf den Himmel gerichtet, in Erwartung irgendeines unfaßbaren Ereignisses.

Wer erinnerte sich an Josepha?

Gris mied den Strand. Auf den Tag genau vor sieben Jahren war Josepha hier zum Baden gegangen und, obwohl das Wetter gut und sie eine ausgezeichnete Schwimmerin war, nicht mehr zurückgekehrt. Die Suchaktionen waren erfolglos geblieben. Die Polizei hatte ihm erklärt, daß immer mehr Menschen spurlos verschwänden.

An diesem Jahrestag hatte er wie üblich für zwei Personen gedeckt, doch erfüllte kein Lachen die alte Mühle mit dem verwitterten Gebälk. In wenigen Tagen war Weihnachten, und wie jedes Jahr würde Josephas Fehlen seine Einsamkeit noch ein wenig unerträglicher machen.

Gris war ein Mensch der Erde, Josepha eine Kreatur des Wassers. Sie liebte es, sich in die Wellen zu stürzen und im Sand herumzutollen. Er bereute zutiefst, daß er diese Liebe zum Wasser nicht mit ihr hatte teilen können. Vielleicht säße sie heute noch lachend neben ihm, wenn er sie damals, an jenem Tag, begleitet hätte.

Was er auch tat, ihm fielen immer neue Hypothesen ein, die alle gleichermaßen unbeantwortet blieben. Tag für Tag versank er tiefer in seinen Kummer und ähnelte immer mehr einem Einsiedlerkrebs, der zurückgezogen in seinem Schneckenhaus lebt. Er wollte Josepha vergessen, aber immer wieder tauchte sie auf und verfolgte ihn in seinen schlaflosen Nächten. Gris fühlte sich seiner Seele beraubt.

Dieses Mal wollte er Schluß machen. In diesem Jahr wollte er zum letzten Mal das Ritual vollziehen. Nach sieben Jahren würde sich der Kreis schließen.

Bevor er die Kerze auf dem Tisch anzündete, zögerte er einen Augenblick. Wie leicht wäre es, das Zündholz einfach in den überquellenden Papierkorb zu werfen. Das Holz der alten Mühle und die bis zum Giebel reichenden Bücherregale würden schnell in Flammen aufgehen. In wenigen Minuten wäre alles vorbei. Zu Asche zerfallen. Ein schönes Feuerwerk zum Jahresende mitten in der Stadt.

Der Bronzeleuchter stand in der Mitte des Tisches. Bar jeder Hoffnung zündete Monsieur Gris die Kerze an. Das Leben war ihm durch die Finger geglitten, die Sanduhr fast abgelaufen – viel fehlte nicht. Diese endlosen Jahre, diese Tage und Nächte des Wartens und Grübelns hatten an ihm gezehrt. Gris, von Statur ein Riese, war nur noch ein Schatten seiner selbst.

Bleischwer zog sich der Himmel am Horizont zusammen. Mit düsterem Blick betrachtete Gris die beiden Gedecke. Eine fette Fliege ließ sich nieder. Er vertrieb sie mit einer Handbewegung. In der Mitte des Tisches starben sechs offene Austern dahin.

«Auch ich sterbe langsam vor mich hin», dachte Gris. «Wenigstens wird mein Tod niemanden bekümmern. Abgesehen von Béryl und Madame Alvarez wird niemand etwas davon merken.» In seinen Augen war er nur unnötiger Ballast auf den müden Schultern des Planeten.

Wie festgewachsen saß er in seinem Sessel und beobachtete eine kleine Maus, die über das oberste Regalbrett seiner Bibliothek huschte. Er wußte, daß die Mäuse seine Bücher, seine wertvollen Hefte fraßen, aber ihm fehlte die Kraft, sie zu verjagen.

Seine Hefte füllten mehrere Regalbretter. Sie enthielten unzählige Wörter, die er gesammelt hatte. Wörter, die von einer Ausgabe zur nächsten aus den Wörterbüchern verschwunden waren wie Blätter eines Waldes im Herbst der Geschichte.

Seit seiner Kindheit interessierte sich Gris für Bücher. Weil er eher wie ein Kraftprotz aussah, machten sich alle über seine Leidenschaft lustig. Er konnte nichts für seine Stärke, die ihn von den anderen isolierte. Er selbst empfand sich als sperrig. Sein gewaltiger Körper flößte Angst ein. Josepha war die einzige gewesen, die ihn zu zähmen und hinter dem Koloß die Seele eines Kindes zu entdecken vermocht hatte.

Nichts schien ihm edler als die Rettung von Wörtern, die in Vergessenheit geraten waren. Stets hatte er sich gegen den Gedanken gewehrt, auch sie könnten sterblich sein. Waren sie nicht das Fundament der Gesellschaft, ihre Gesetzestafeln? Steht nicht in der Heiligen Schrift geschrieben: «Am Anfang war das Wort»?

Im Laufe der Jahre hatte Gris umfangreiche lexikographische Forschungen betrieben und verschollene Wörter wiederausgegraben. «Solange sie irgendwo geschrieben stehen», pflegte er zu Josepha zu sagen, «können sie nicht völlig verschwinden.» Seine Neugierde schien grenzenlos. Ihn interessierten Geheimsprachen ebensosehr wie die Gaunersprache. «Wenn die Bezeichnung eines Gegenstands verschwindet, geht auch der Gegenstand verloren», erklärte er. Es war jedoch ein hoffnungsloses Unterfangen: Die Wörter verschwanden fast mit Lichtgeschwindigkeit.

Ausgestattet mit Lupe und Notizblock wie ein Detektiv, ging er dem sang- und klanglosen Verschwinden der Wörter nach, notierte sie sorgfältig in Heften, mit denen seine Wände tapeziert waren, und bannte auf diese Weise Hunderttausende bedrohter Wörter auf endlose Kilometer Papier. Als Josepha noch lebte, hatte er sogar eine Schar Kinder aus dem Viertel angeheuert, die er seine «Wortjäger» nannte. Für ein paar Groschen gingen sie auf die Jagd nach alten Handwerkerausdrücken oder nach ausgefallenen, selten gebrauchten Wörtern. Jetzt brachte ihm nur noch Béryl ab und zu einige vom Aussterben bedrohte Begriffe, die sie erbeutet hatte. Zwar gab er ihr weiterhin Geld dafür, sparte sich jedoch die Mühe, die aufgestöberten Exemplare zu katalogisieren.

In ihm wurde es Nacht. Monsieur Gris erwartete nichts mehr.

Plötzlich klopfte es an die Tür. Verstört stellte Gris fest, daß er nicht mehr den geringsten Funken Hoffnung hatte: Josepha konnte es *nicht* sein.

Er erhob sich und ging wankend zur Tür. Vor ihm stand ein Junge mit strohblondem Haar, Sommersprossen, T-Shirt und ausgefransten Shorts und hielt ihm einen Umschlag entgegen.

Gris schaute ihn verwundert an.

«Was ist das?»

«Ich vertrete Béryl», stotterte der Knabe. «Sie hatte einen Sonnenstich. Ich – ich habe fünf gefunden.»

Er hielt stolz den Umschlag hoch, doch seine Hand zitterte vor der massigen Gestalt, die wie ein Menschenfresser vor ihm stand.

«Hat Béryl dir nicht gesagt, daß du mich heute nicht stören sollst?»

«Oh, tut mir leid, davon hat sie nichts gesagt. Ich kann ja wieder gehen.»

Etwas verwirrt stolperte der Junge auf die Straße zurück in die gleißende Sonne.

«Wie heißt du?»

«Tom.»

«Tom, T-O-M!» Gris buchstabierte den Namen und schien belustigt. «Und was hast du in deinem Umschlag?»

«Ich habe fünf Stück gefunden.»

«Fünf was?»

«Na, Wörter halt, wie Béryl. Sie hat mir gesagt, daß Sie einen Groschen für jedes alte Wort zahlen.»

Tom fühlte sich unwohl, ihm wurde heiß. Gris schwankte zwischen Wut und Neugierde. Tom war das Anagramm von «mot», das im Französischen «Wort» bedeutet. Er nahm es als Zeichen und bat Tom einzutreten. Der Junge trat über die Schwelle. Den Umschlag in der Hand, ließ er seinen Blick über die mit Büchern und Heften überfüllten Regale wandern.

«Ich hoffe, Béryl ist nicht ernsthaft krank.»

«Nein, heute morgen war das Fieber schon wieder gefallen.»

Tom reichte ihm den Umschlag. Gris überflog die Liste der Wörter. Tom kam aus einer Fischerfamilie. Sein Großvater erinnerte sich noch an Ausdrücke aus früheren Zeiten. Doch keines dieser Wörter aus der Fischerei war unbekannt. Er wollte den Jungen schon fortschicken, als dieser das mit Erinnerungsstücken vollgestellte Buffet entdeckte; es erinnerte an einen Altar voller Votivtafeln. Er zeigte auf ein Bild von Josepha und rief:

«Ach, die kenne ich, sie –»

«Was heißt das, du *kennst* sie?» unterbrach ihn Gris. Ein Stachel bohrte sich in sein Herz.

«Ja, sie war am Strand.»

«Am Strand? Paß auf, was du sagst, Tom!»

Zitternd nahm Gris das Foto herab und hielt es dem Jungen hin.

«Schau sie dir genau an.»

«Ja klar, ich bin sicher, daß ich sie kenne. Sie ist eine große Frau, eine gute Schwimmerin. Sie ist oft im Wasser bei der Mole, ich surfe da manchmal.»

«Das ist unmöglich! Du mußt dich irren!»

Gris geriet außer sich. Tom brach der Schweiß aus. Béryl hatte zwar gesagt, daß dieser Gris schweigsam sei, jedoch nicht, daß er gefährlich wäre. Jetzt aber war er zum Fürchten. Der Junge suchte Halt an der Tischkante. Als Gris Toms bleiches Gesicht bemerkte, ging er zum Fenster und öffnete es, was er sonst nur selten tat. Dann kramte er in seiner Tasche und hielt Tom ein paar Geldstücke hin.

«Hier, für die Wörter. Ich danke dir, Tom. Halt, warte noch: Wann hast du die Frau das letzte Mal gesehen?»

«Oh, ich weiß nicht, es sind immer so viele Menschen im Wasser. Vielen Dank.»

Beim Anblick des Geldes hatte Tom gleich wieder Mut gefaßt. Gris jedoch war ganz durcheinander. Sollte es möglich sein, daß Josepha noch lebte? Daß sie nur wenige Meter von hier am Strand spazierenging? Er hatte kaum Gelegenheit, weitere Fragen zu stellen, als ein stumpfes Pfeifen die flimmernde Luft zerriß.

Der Wind kam für die vielen Menschen, die die Hitze und die letzten Weihnachtsvorbereitungen auf die Straßen getrieben hatte, völlig überraschend. Der Tornado wütete in der Stadt wie ein entfesselter Dämon, der alles mitriß, was nicht niet- und nagelfest war, Autos umstürzte, Dächer von den Häusern hob und Männer, Frauen und Kinder durch die Luft wirbelte.

Auch in der Mühle raste er, erfaßte Bücher, Hefte und alte Folianten und ließ die Seiten wie Schwärme weißer Schmetterlinge durcheinanderflattern. Trotz seiner Kraft gelang es Gris nicht, die Fensterläden zu schließen. Er fluchte vor Wut, doch seine Stimme erstickte im Tosen des Orkans.

Als sich der Sturm schließlich legte, betrachtete Gris flüchtig den Schaden. Seine Sammlung lag in der ganzen Mühle verstreut. Sein Archiv war zerstört. Er würde Wochen, ja Monate benötigen, um alles wieder in Ordnung zu bringen. Und wer wußte schon, wie viele Wörter durch Tür und Fenster fortgeweht worden waren.

Plötzlich stockte ihm der Atem: Wo war Josephas Porträt?

Es war seine letzte Verbindung mit ihr gewesen, und jetzt war es verschwunden.

Er schaute nach draußen. Menschen liefen in panischem Schrecken durcheinander. Beißender schwarzer Rauch zog durch die Straßen. Die wildgewordene Furie war verschwunden, aber einzelne Böen fegten noch in unregelmäßigen Abständen durch die Stadt.

Plötzlich zog sich sein Herz zusammen. Am Unterboden eines mitten auf der Straße umgestürzten Autos flatterte ein Bogen Papier. Josephas Bild! Er lief auf die Straße, doch im selben Moment erfaßte eine Bö das Foto und trug es davon.

So irrte Gris auf der Jagd nach seinem Bild durch die Trümmer.

Bald stellte er fest, daß alle Gegenstände, die der Wind fortgerissen hatte, an den Strand geweht worden waren.

Zum Meer, alles führte ihn dorthin.

Was hatte der Junge gesagt? «Sie ist eine große Frau, eine gute Schwimmerin. Sie ist oft im Wasser bei der Mole.» Ja, so war Josepha: in der Tat eine «große Frau».

In der Stadt herrschte große Verwirrung. Die Feuerwehr kam nur schwer durch. Diebe nutzten die zerbrochenen Schaufenster und plünderten hemmungslos die Läden. Gris beachtete das alles nicht. Nicht zum ersten Mal befand sich das Viertel in Aufruhr. Wie ein Roboter lief er geradewegs zum Strand. Nichts schien ihn aufhalten zu können.

Am Strand herrschte ein riesiges Tohuwabohu.

Das vom Sturm aufgewühlte Meer warf donnernd Wellen ans Ufer. Die Gischt der Wellenkämme verschwand in der Dunkelheit.

Gris wagte sich auf den mit umgestürzten Kisten und Karren, Fischernetzen, Sonnenschirmen und verstreuten Kleidern übersäten Strand. Ungeachtet der streunenden Hunde und Plünderer, die sich über die Beute hermachten, steuerte er auf die Mole zu. Der schaumbedeckte, feuchte Sand klebte an seinen Schuhen.

Endlich fand er es. Schimmernd im Halbschatten lag Josephas Foto im Sand.

Just in diesem Moment brach eine Welle, und er mußte hilflos zusehen, wie das Bild der Geliebten im Sog der Brandung verschwand, während sich dahinter schon der nächste Brecher auftürmte. Starr stand Gris am Ufer, eine jämmerliche Gestalt, von Kopf bis Fuß durchnäßt, zögernd, ob er sich in die finsteren Fluten stürzen sollte, um das teure Bild zu retten, als schon die nächste Welle brach.

Plötzlich entdeckte er im brodelnden Schaum eine längliche Masse – oder vielmehr einen hellhäutigen Körper. Sein Herz blieb stehen, als er die Gestalt einer Frau zu erkennen glaubte.

«Mein Gott! Josepha!?»

Wie erschöpft von der Anstrengung der Geburt dieses Körpers, zogen sich die Wogen zurück. Zitternd lag das Geschöpf im Sand. Für eine Sekunde war Josephas Gestalt überdeutlich zu erkennen. Indes lag dort keine Frau, sondern ein Delphin! Gris hatte noch nie einen Delphin aus solcher Nähe gesehen. Das kleine, wahrscheinlich noch junge Tier stieß einen leicht näselnden Laut aus, wie das Quietschen eines kaputten Spielzeugs. Das rote Auge rollte in alle Richtungen. Dieser Blick drang Monsieur Gris bis ins Herz. Der Delphin war sicher verletzt.

Eine mächtige Welle warf das Meerestier noch höher auf den Strand.

In einiger Entfernung hatten Landstreicher mit alten Reifen ein Feuer angezündet. Der beißende Rauch machte das Atmen zur Qual. Gris schaute auf das Meer. In den schwarzen, bedrohlichen Wellen schwammen Trümmer und Wrackteile. Unmöglich konnte er das Tier wieder dem tobenden

Meer ausliefern. Entschlossen zog er seinen Mantel aus und wickelte ihn um den Delphin. Dann faßte er ihn fest um den Leib und hob ihn hoch.

Als er die glatte Haut berührte, überkam ihn ein Schauer.

In seinen Armen lag nicht irgendein Geschöpf des Meeres, sondern ein warmblütiges Säugetier. Diese Umarmung weckte mit einem Mal lebhafte Erinnerungen an Josepha. Wie gerne hatte er ihr mit seiner Kraft imponiert und sie wie ein Kind auf seinen starken Armen getragen. An diesem Abend trug er einen Delphin – oder genauer gesagt, eine Delphinin. Er wußte instinktiv, daß es ein Weibchen war. Sie brauchte Schutz, so wie er Josepha beschützt hatte.

Gris machte sich auf den Weg. Er spürte kaum das Gewicht des Bündels in seinen Armen, aber seine Füße gruben sich tiefer in den Sand.

Die mächtige, lediglich mit einem Hemd

bekleidete Gestalt mit dem in einen Mantel gewickelten Delphin auf dem Arm hatte etwas Unwirkliches. Auf der einen Seite lugte die rundliche, glänzende Nase unter dem Mantel hervor, auf der anderen die grauweiße Schwanzflosse mit den deutlich erkennbaren Spitzen, die sich im Rhythmus seines Schrittes hin und her bewegten.

Als er vor seinem Haus angekommen war, spürte Gris, wie der Körper des Delphins erschauerte. Um seinen Schlüssel aus der Tasche zu kramen, mußte er den Delphin aufrecht halten, wie eine Partnerin beim Tanzen. Josepha liebte schmalzige Tangos. Jetzt aber zitterte seine Partnerin vor Kälte. Auch Gris wurde es kalt.

Kaum waren sie im Haus, fing der Delphin an zu wimmern. Monsieur Gris war sehr besorgt. Der Tod des Delphins hätte das Ende bedeutet. Behutsam legte er ihn auf den Teppich vor dem Kamin. Erleichtert richtete er sich auf und schaute sich um. Der wie mit großen papiernen Schneeflocken bedeckte Raum begann zu schwanken. Am liebsten hätte er sich mitten in dieses kalte Weiß fallen lassen und wäre sanft, wie unter Betäubung, entschlafen.

Noch einmal raffte er sich auf. Der Delphin durfte auf keinen Fall sterben. Er fand die Kraft, einige der vom Wind durcheinandergewehten Blätter aufzusammeln und damit ein Feuer im Kamin zu entfachen.

Beim Anblick des Feuers wimmerte der Delphin noch mehr und wand sich auf dem Teppich. Die tanzenden Flammen im Kamin spiegelten sich auf seiner glänzenden, trockenen Flanke wider. Gris sah, daß die zarte Haut an einigen Stellen rissig wurde, und begriff sofort, daß es für den Delphin den Tod bedeutete, wenn er ihn noch länger so nah am Feuer liegen ließ.

Der junge Delphin hatte in seinem abenteuerlichen Leben schon viele Horizonte überquert. Dort, wo er herkam, im Reich der tausend Vulkane, wo unzählige feuerspeiende Krater am Grund der Tiefseegräben einen ganzen Ozean zum Kochen bringen und Wellen so hoch wie Gebirge aufwerfen konnten, hatte er Lavaströme über den Meeresboden kriechen sehen, nie aber lodernde Flammen erlebt.

Der Delphin schien mit der Schnauze auf die Tür zum Badezimmer zu deuten. Vorsichtig hob Gris ihn hoch.

Wasser . . .!

Natürlich! Warum hatte er nicht früher daran gedacht? Als sie damals in die Mühle einzogen, hatte Josepha – da sie ihren Mann nicht dazu überreden konnte, mit ihr in den Wellen der Bucht zu schwimmen – auf den Einbau einer großen Badewanne, in der man zu zweit baden konnte, bestanden. Seit ihrem Verschwinden hatte Gris die Wanne nicht mehr benutzt und nur noch geduscht. Jetzt schien sie wie geschaffen für den gestrandeten Delphin. Eilig drehte er den Hahn weit auf und ließ das Wasser aus vollem Rohr einlaufen.

Bei der Berührung mit dem kalten Wasser schüttelte sich der Delphin. Vorsichtig sprenkelte Gris Wasser über den Rücken, achtete jedoch darauf, daß kein Tropfen in das Blasloch floß, das sich wie ein atmender Mund öffnete und schloß. Bald planschte der Delphin quicklebendig im kühlen Naß.

Beim Anblick des glatten, wogenden Körpers überkam Monsieur Gris ein seltsames Gefühl. Ihm war, als sähe er den straffen Körper Josephas vor sich, die Rundung ihrer Brüste, ihr strahlendes Lächeln. Die Bewegungen des Delphins wurden langsamer und gleichmäßiger. Das Wasser schwappte im Rhythmus über den Rand und überschwemmte den Kachelboden. Plötzlich prustete der Delphin einen kräftigen Strahl Wasser aus dem Blasloch mitten in Gris' Gesicht. Der Atem des Delphins roch nach Algen und Bienenwachs. Diese unerwartete Intimität machte Gris ganz verlegen. Wie um sich zu entschuldigen, atmete der Delphin gleich wieder ruhig und gleichmäßig.

Am Ansatz der Rückenfinne war eine kleine Kerbe, wahrscheinlich die Narbe einer früheren Verletzung. Diese Finne ragte ihm nun wie eine ausgestreckte Hand entgegen. Er faßte sie und hielt sie fest. Die

Berührung war so zart, so anziehend, so sinnlich, so sanft! Erfüllt von der Zärtlichkeit und der Zuneigung dieses Geschöpfs, kniete Gris andächtig am Wannenrand nieder. Er war froh und stolz, die Delphinin gerettet zu haben. Selig lächelnd wie ein Wallfahrer, der am Ziel seiner Pilgerreise angekommen ist, lehnte er über den Wannenrand.

Ein Bild stieg in ihm auf: er, allein mitten auf dem Meer, im Auf und Ab der Dünung auf hoher See, weit und breit kein Land in Sicht ...

Aus der Badewanne ertönte ein greller Laut. Das Bild war verschwunden.

«Das Meer – Josepha liebte das Meer», murmelte Gris und streichelte den Delphin. «Ich fürchte das Meer.»

Der Delphin drehte den Kopf zu dem gewaltigen Mann. Gris spürte, wie Ultraschallwellen auf ihn niederprasselten und seinen ganzen Körper bis ins Mark durchdrangen. Klar und deutlich sah er das Bild des offenen, wilden, furchterregenden Meeres wieder vor sich. Im selben Augenblick stimmte der Delphin ein sanftes Girren an, das ihn erschauern ließ. Es war wie der Gesang der Sirenen.

«Vielleicht war es das, was Odysseus gehört hat, als er an den Mast seines Schiffes gefesselt war.»

Gris beugte sich über den Kopf der Delphinin. Er spürte, daß sie ihm zuhörte und ihn verstand, obwohl sie kein Wort miteinander geredet hatten. Er näherte sich ihrem aufmerksamen Auge und flüsterte: «Obwohl du unsere Sprache nicht kennst, verstehst du mich. Als ob wir uns schon seit ewigen Zeiten gekannt hätten, als wärst du eine alte Freundin von Josepha.»

Die Delphinin bewegte sich nur noch ganz langsam. Ihre Augen waren halb geschlossen, als konzentrierte sie sich auf seine Worte.

«Mein Name ist Gris. Manche lachen, wenn sie meinen Namen hören. Was macht das schon? Ist Grau nicht die Mitte zwischen Schwarz und Weiß? Und nennt man die Intelligenz nicht auch die graue Substanz?»

Ihm fiel auf, daß ihre Haut perlfarben war mit einem seidigen, maulwurfsgrauen Glanz. Und die ganze Zeit, während er sprach, folgte ihm ihr Blick aufmerksam.

Welch ein Chaos im Wohnzimmer herrschte! Gris wurde sich erst jetzt des Ausmaßes der Verwüstung richtig bewußt. Zerrissene Bücher und Lexika, aus den Regalen gerissene Hefte, alles lag drunter und drüber, kreuz und quer im Wohnzimmer verstreut.

Verstört um sich blickend, stand er mitten im Schlachtfeld.

Er bückte sich und hob ein Buch auf, das aussah wie von der Hand eines Riesen zerfetzt. Es trug den Titel «Wörter der Umgangssprache ethnischen Ursprungs (Französischsprachiges Afrika, VII, 3–B)». Er fühlte einen Kloß im Hals, weinte aber nicht. Monsieur Gris weinte nie. Als Kind verbrachte er oft Stunden in seinem Zimmer, in das man ihn zur Strafe eingesperrt hatte. Hier fand er Zuflucht in seinen Abenteuerromanen, die ihm halfen, aus seinem Gefängnis auszubrechen und sich in die

Freiheit seiner Phantasiewelten zu flüchten. Wörter waren sein Rettungsring. Aber heute schien der Wind sie ihrer Bedeutung und ihres Sinnes beinahe beraubt zu haben.

Der Delphin lag wohlig in der Badewanne und genoß das flüssige Element. Gris hatte sich schon lange nicht mehr so heiter gefühlt wie jetzt, als er zusah, wie sich das Meeresgeschöpf mehr und mehr erholte. Er wunderte sich über die Kraft, die der Delphin auf ihn abzustrahlen schien. Die Pfützen auf den Fliesen störten ihn nicht, es war ja nur Wasser.

Er trug den festlich gedeckten Tisch und seinen Korbstuhl ins Badezimmer und legte ein zusätzliches Gedeck für den unerwarteten Ehrengast auf. Dann lehnte er sich gegen die Badewanne und entkorkte zur Feier des Tages sogar eine Flasche Sauternes, der einzige Wein, den Josepha mochte und von dem er seit Jahren eine Flasche für eine besondere Gelegenheit aufbewahrt hatte. In der einen Hand hielt er das Glas mit der bernsteinfarbenen Flüssigkeit, die andere ließ er ins Wasser baumeln. Er trank und redete, wie er seit dem Verschwinden Josephas mit niemandem mehr geredet hatte.

Er erzählte von seiner verschollenen Liebe, seiner Verzweiflung und den Jahren der Einsamkeit in seinem Elfenbeinturm, umgeben von Wörtern und Papier. Er erzählte von seiner Todessehnsucht, seinem Wunsch, für immer die Augen zu schließen.

Je mehr er über seine Gefühle sprach, desto freier fühlte er sich. Der Delphin half ihm, sich zu öffnen.

Die Zeit verstrich.

Gris mußte wohl für einen Augenblick eingedöst sein. Etwas Lauwarmes berührte seine Hand. Die Delphinin bewegte sich kaum. Plötzlich stieß sie einen markerschütternden Schrei aus. Dann war sie wieder still, schien zu lauschen, rief erneut. Kommunizierte sie mit fernen Artgenossen? Vor Gris' innerem Auge tauchte ein Bild auf: Im Mondschein sah er eine Gruppe Delphine auf offenem Meer im

Kreis schwimmen. Eine tröstliche Vision. Vielleicht antwortete sie auf den Ruf ihrer Familie oder ihrer Stammesgenossen.

Gris wußte plötzlich, daß er sie wieder ihrem Element zurückgeben mußte.

Es war tiefste Nacht. Die Dämmerung war noch weit entfernt. Wieder lief Monsieur Gris durch die Straßen, auf den Armen den Delphin in seinen Mantel gehüllt. Er spürte, daß dies eine höhere Mission war, die wichtiger war als sein eigenes Leben. Die Straßen waren nahezu menschenleer. Nur einige unermüdliche Hilfskräfte waren noch mit Aufräumungsarbeiten beschäftigt, um die gröbsten Sturmschäden zu beheben: entwurzelte Bäume, Trümmerhaufen und Gegenstände, die der Wind fortgerissen hatte, verbeulte, umgestürzte Autos.

Gris war einerseits froh, den Delphin wieder seinem Element überlassen zu können, andererseits fürchtete er den Augenblick, da er ihn endgültig loslassen mußte. Die letzten Stunden waren für ihn wie ein helles Feuerwerk in seiner inneren Finsternis gewesen. In wenigen Minuten würde er sich noch einsamer fühlen als je zuvor, noch unglücklicher, da er zum zweiten Mal ein geliebtes Wesen verlieren würde.

Meer und Wind hatten sich gelegt. Die Brandung schlug mit der rhythmischen Gleichmäßigkeit eines Metronoms ans Ufer. Gris lief hinunter zum Steg und wagte sich schließlich ins Wasser, um den Göttern des Meeres sein Opfer darzubringen. Das kalte Wasser drang in seine Schuhe, die Last wurde schwerer. Er mußte weit hinauswaten, um den Delphin aussetzen zu können.

Als er knietief im Wasser stand, beugte er sich herab, drückte die Delphinin ein letztes Mal an sich, bevor er sie behutsam ins Wasser gleiten ließ. Doch sie reagierte nicht. Reglos lag sie auf der Seite, das Blasloch teilweise unter Wasser. Gris erstarrte vor Schreck bei dem Gedanken, vor ihm triebe ein toter Fisch, den Bauch nach oben gedreht.

«Delphin, du darfst nicht sterben, laß mich nicht allein!»

Aber er spürte sofort, daß er nicht allein war in der dunklen Nacht. Plötzlich erwachte das Tier aus seiner Lethargie, sprang kraftvoll aus dem Wasser und ließ sich mit voller Wucht ins Meer zurückfallen, so daß das aufschäumende Wasser im Mondschein aufleuchtete.

Gris war sprachlos. Gerade noch hatte der Delphin leblos in seinen Armen gelegen. Jetzt schwamm er mit rasender Geschwindigkeit um ihn herum und gab mit zirkusreifen Sprüngen seiner Lebensfreude Ausdruck. Da konnte selbst Monsieur Gris nicht mehr an sich halten und jauchzte vor kindlicher Freude. Zu seiner eigenen Verwunderung klatschte er sogar bei einer besonders akrobatischen Drehung in die Hände.

Nachdem sich der Delphin ausgetobt hatte, schwamm er behutsam auf seinen Retter zu, der inzwischen bis zur Hälfte im Wasser stand, und blieb vor ihm stehen. Für den Bruchteil einer Sekunde wagte Gris zu hoffen, daß die Delphinin zu ihm zurückkam, um für immer bei ihm zu bleiben. Er zitterte vor Kälte, Erschöpfung und Erregung. Die Delphinin warf den Kopf nach hinten und schnarrte. Sie benutzte wohl ihr Sonarsystem. Ihre Haut schimmerte in der Dunkelheit.

Das Schnarren wurde langsamer und schien ihm zu gelten. Vielleicht Worte des Dankes oder ein Wink. Sie nickte heftig mit dem Kopf, als forderte sie ihn auf, ihr zu folgen. Gris war entzückt und verwirrt. Was wollte die Delphinin von ihm? Sollte er sich ins Wasser stürzen?

Er streckte die Hand aus.

«Warum bleibst du nicht bei mir?»

Kaum hatte er diese absurde Frage ausgesprochen, begann das Meer um ihn herum zu brodeln. Es wimmelte nur so vor grauen Rücken. Immer wieder durchfurchte eine Finne den Schaum, wenn ein Delphin zum Luftholen auftauchte. Der gellende Schrei eines weißen Vogels zerriß die Nacht. Es war ein atemberaubendes Schauspiel. Dutzende von Delphinen versammelten sich im Halbkreis. Kleine Wellen klatschten an sein Schienbein und lösten Schwingungen aus, die sich entlang seiner Wirbelsäule bis in sein Gehirn fortsetzten. Sein Skelett hatte sich in einen Resonanzkörper, er selbst in ein Musikinstrument verwandelt. Er fühlte sich vollkommen durchsichtig. Nichts entging dem Blick der Delphine. Kein Geheimnis, keine Lüge. Noch nie hatte er solche Verzückung, solch vollkommene Hingabe erlebt.

Sein Herz sprang auf wie ein Tor.

Und dann war plötzlich alles vorbei.

Verzaubert, wie in Trance kehrte Monsieur Gris in jener Nacht heim und sank in tiefen, traumlosen Schlaf.

Als er aufwachte, fühlte er sich erstaunlich leicht. Draußen wechselten Licht und Schatten im Spiel der über den tiefblauen Himmel jagenden Wolken. Die Stadt stand noch immer unter Schock. Gris warf einen Blick auf die Straße. Er entfernte die zerbrochenen Überreste seines Fensterrahmens und sog den frischen Seewind ein. Er genoß die Brise in vollen Zügen. Seine Nasenflügel witterten den Atem des Delphins.

Er mußte lachen, als er auf dem Boden zwei seiner Hefte entdeckte, die sich wie ein Liebespaar innig zu umarmen schienen. Sie mußten aufgeschlagen hinuntergefallen sein, und der Wind hatte sie dann ineinander verschlungen zugeklappt. Er bückte sich und hob sie auf. Das eine trug den Titel: «Charmante Redewendungen (17. bis 19. Jahrhundert)», das andere: «Bezeichnungen der Samenkörner nach Form, Größe und Dichte (Terminologie der Samenhändler)». Letzteres hatte ihn drei Jahre Forschungsarbeit gekostet. Die Vereinigung dieser beiden Hefte durch den Wind amüsierte ihn.

Die Liebe und die Samen . . .

Die Erinnerung an eine alte Wunde vertrieb schlagartig das Lächeln. Wie gern hätte er Josepha ein Kind geschenkt. Aber sie war nicht schwanger geworden.

Ein Vogel ließ sich auf dem Fensterbrett nieder. Es war eine Meise mit einem schönen grauen Kleid und einer schwarzweißen Haube. Sie hüpfte unentschlossen auf der Stelle. Wie hypnotisiert schaute Gris ihr zu. Einer inneren Stimme folgend ging er in die Küche, füllte eine Schale mit Wasser und stellte sie vor dem Fenster auf den Boden.

Tatsächlich hatte der Vogel Durst.

Die Stadt war immer noch ein Glutofen. Der Wind hatte alles ausgetrocknet.

Die Meise flatterte vom Fensterbrett und ließ sich auf dem Rand der Schale nieder. Ohne zu zögern, beugte sie sich herab, tauchte ihren Schnabel ins Wasser, trank und hob hin und wieder den Kopf, um zu schlucken. Gris betrachtete den Vogel mit zunehmendem Interesse und bewunderte seine flinken Bewegungen und sein niedliches Aussehen. Plötzlich hüpfte die Meise in die Schale, um darin zu baden. Sie schüttelte ihre ausgebreiteten Flügel, plusterte ihre feinen Flaumfedern auf und planschte vergnügt im Wasser.

Gris hatte das Klopfen an der halb offenstehenden Tür nicht gehört.

Es war Madame Alvarez, seine Nachbarin, die alleine lebte, seit ihr Sohn zur Armee gegangen war, und es sich zur Aufgabe gemacht hatte, für den schweigsamen Sonderling zu sorgen. «Armer Monsieur Gris», pflegte sie kopfschüttelnd zu sagen. «Er hat so gar keine Lebensfreude mehr.» Sie brachte ihm hin und wieder eine Leckerei und versuchte, ihn aufzuheitern oder ihn zu ermutigen, sich ihr anzuvertrauen.

Sie schob den Kopf durch den Türspalt und betrachtete entsetzt das Durcheinander. Gris gab ihr ein Zeichen, still zu sein, und deutete auf den badenden Vogel.

Die Meise schüttelte sich und flog dann durchs Fenster davon. Gris schaute ihr noch eine Weile nach.

«Entschuldigen Sie», sagte Madame Alvarez. Sie stand noch immer in der Tür. «Die Telefonleitung ist unterbrochen, da wollte ich nur mal schauen . . .»

«Das war eine gute Idee», antwortete Gris und ging auf sie zu. «Ich bin froh, daß Sie den Vogel noch gesehen haben.» Er öffnete einladend die Tür. «Kommen Sie herein.»

Sie zögerte, wagte sich dann aber doch hinein. Gewöhnlich war Monsieur Gris eher abweisend.

Der ganze Raum war ein einziges Chaos.

«Ihre ganzen Unterlagen, Ihre ganze Forschungsarbeit!»

«Das war nur der Wind, Madame Alvarez! Man kann dem Wind doch nicht vorwerfen, daß er weht, oder?»

«Aber Ihre ganze Arbeit! Alles ist . . .» Sie fand keine Worte für ihre Bestürzung. «Monsieur Gris! Sind Sie sicher, daß es Ihnen gutgeht?»

«Aber ja, machen Sie sich keine Sorgen. Der Wind hat mir den Kopf zurechtgerückt.»

Nicht so recht wissend, wie sie sich verhalten sollte, zog Madame Alvarez es vor, sich gleich wieder zu verabschieden, und verschwand.

Gris verbrachte den ganzen Tag damit, ziellos in der Mühle herumzustöbern. Er setzte sich auf die Treppe und blätterte in alten, seit langem unberührten Heften voller ungebräuchlicher Ausdrücke und vergessener Wendungen.

Sein Leben war von Wörtern bestimmt gewesen. Wörter – nichts als lächerliche Aneinanderreihungen von Buchstaben und doch in der Lage, die Welt zu verändern! Die Grundfesten seines Lebens gerieten auf einmal ins Schwanken.

Seit die Delphinin in sein Leben getreten war, sah er Josepha mit anderen Augen.

Als es Abend wurde, überkam ihn das sichere, aber beunruhigende Gefühl, daß die Delphinin um Mitternacht unten an der Mole auf ihn warten würde. Sie hatten eine Verabredung.

Kaum war er an der Mole angelangt, sah er wenige Meter vom Ufer entfernt zwei Delphine, die im ruhigen Wasser der Nacht auf ihn zu warten schienen. Sie waren gefleckt. Die Delphinin war nicht dabei.

Ungeachtet seiner Schuhe und seiner Hose ging er ein paar Schritte weiter ins Meer hinein. Als er bis zur Hüfte im Wasser stand, verschwanden die Delphine.

Zunächst glaubte er, daß damit die Vorstellung beendet und sie weggeschwommen waren. Dennoch blieb er stehen. Er ließ die Arme hängen und strich mit den Händen über die Wellen. Plötzlich spürte er um seine Beine eine leichte Strömung. Etwas kitzelte seine Handflächen. Instinktiv griff er zu und spürte, daß er zwei Rückenfinnen in den Händen hielt.

Wie auf ein Zeichen zogen ihn die beiden Delphine ins Wasser. Gris umfaßte fest die Flossen und gab dem Zug nach. Er hätte jauchzen können vor Freude, hielt sich jedoch zurück, um die Tiere nicht zu erschrecken. Er war grenzenlos glücklich. Er, der das Meer so gefürchtet hatte, spürte jetzt nicht einmal mehr die Kälte.

Schwerelos glitten die Delphine durchs Wasser und trugen ihn sicher durch die Wellen.

Es waren Seon und Sean, zwei tapfere Delphine und treue Kumpane, die ständig unterwegs waren. Sie waren vom Stamm der Wächter, dem auch die Delphinin angehörte. Sie erhielten gelegentlich Sonderaufträge wie diesen, den großen Mann samt Kleidung über Wasser zu halten und aufs offene Meer hinauszuziehen.

Gris hatte jedes Zeitgefühl verloren. Die Dunkelheit, das Wasser, der Himmel, die Bewegung, die Gischt, alles schien sich zu vermischen. Plötzlich hörte er ein Geräusch. Er lauschte. Nicht weit von ihm entfernt schimmerte der graue Rücken eines Delphins im Mondlicht, hell aufleuchtend wie ein glänzendes Schwert, das in die Scheide der Nacht gleitet.

Da erkannte er die Kerbe. Es war seine Delphinin! Sofort ließ er die Finnen los, um zu ihr hinüberzuschwimmen. Doch plötzlich war weit und breit kein Delphin mehr zu sehen.

Er befand sich mitten auf dem Ozean, völlig auf sich gestellt, allein mit seinen tiefsten Ängsten. Er wog Tonnen, fühlte, wie es ihn hinabzog, kämpfte mit Armen und Beinen gegen die Fesseln seiner Kleider und schluckte eimerweise Salzwasser. Noch nie in seinem Leben hatte er sich so hilflos und verletzlich gefühlt.

Als eine Welle ihn nach oben trug, suchte sein Blick das Ufer. Die Lichter am Strand erschienen ihm greifbar nahe. Er konnte sogar Gestalten erkennen, aber sein Rufen hätte niemand gehört. Mit Hilfe seiner Füße entledigte er sich schließlich seiner Schuhe. Sie trieben nach oben und schwammen nun vor seiner Nase. Er sah, wie sie sich langsam von ihm entfernten. Es herrschte also noch dazu eine Strömung. Die langsam abdriftenden Schuhe verdeutlichten ihm den bitteren Ernst seiner Lage. Was war es auch für eine verrückte Idee gewesen, sich so weit aufs Meer hinausziehen zu lassen! Es fiel ihm immer schwerer, seinen Kopf über Wasser zu halten.

Er war allein, unglaublich allein!

Dabei tummelten sich unzählige Schatten in der Finsternis des Ozeans, gräßliche Gefahren lauerten in seinen Tiefen: die brennenden Nesselarme der Quallen, die gewaltigen Tentakel gieriger Kraken, die nur darauf warteten, sich um seine Beine zu schlingen, die messerscharfen Zähne in den runzeligen Mäulern der Muränen, der tödliche Biß der Seeschlange …

Welche Ironie! Er, der sich so sehr den Tod gewünscht hatte, kämpfte auf einmal um sein Leben. Warum ließ er sich nicht einfach untergehen?

Er dachte plötzlich an die Meise. Der Gedanke gab ihm Kraft und Mut. Ein Satz schoß ihm durch den Kopf: «Jetzt hast du dich fürs Leben entschieden!»

Das war eindeutig eine Botschaft der Delphinin! Vielleicht wollte sie ihm auf diese Weise danken.

Frohen Mutes betrachtete Gris den Sternenhimmel, die grenzenlose Weite des Ozeans. Er ließ los und ergab sich getrost dem Schicksal. In diesem Moment tauchten die Delphine wieder auf. Der Anblick ihrer glänzenden Körper erfüllte ihn mit einem tiefen Glücksgefühl.

Auf einmal war er sicher, daß diese Wesen *schon immer* in seiner Nähe gewesen waren. Er hatte sie nur nicht sehen können.

Verschmelzung

«Ich habe die Götter nicht gesehen,
obwohl der Himmel voll von ihnen war.»

Rudolphe Gepke

Monsieur Gris war von Natur aus ein Frühaufsteher, der, sobald er die Augen öffnete, die Last der Welt auf seinen Schultern spürte. An diesem Morgen galt sein erster Gedanke jedoch der Delphinin. Den Kopf im Kissen vergraben, schloß er erneut die Augen und sah noch einmal die sanften, funkelnden Geschöpfe um ihn kreisen wie vom Himmel gefallene Engel. Er stellte sich vor, wie die Delphinin auf offenem Meer mit den Ihren fröhlich über die Wellen sprang. Hatte sie Eltern, Onkel, Vettern? Es fiel ihm nicht schwer, sich vorzustellen, wie sie im großen Pulk Fischschwärme jagten. Fast konnte er den Geruch des frischen, zwischen den Zähnen knirschenden Fisches wahrnehmen. Er hätte jetzt selbst gern zugebissen.

Gris richtete sich in seinem Bett auf, verwundert über ein längst vergessenes Gefühl: Er hatte Hunger.

Es war Samstag, Markttag. Josepha wäre gutgelaunt früh aufgestanden und zum Markt gegangen. Die Erinnerung wirkte eher aufmunternd als deprimierend auf ihn. Es tat ihm gut, an sie denken zu können, ohne daß sich sein Herz zusammenzog. Er stand auf und beschloß, einkaufen zu gehen. Er nahm Josephas Lieblingskorb und trat erwartungsvoll hinaus auf die Straße.

Er nahm die langen, schattigen Stufen zum Kirchplatz mit dem gleichen Schwung, mit dem Josepha sie hinaufzueilen pflegte, wenn sie ihn zum Wettlauf herausfordern wollte. Der Markt lag zwischen der alten Kirche, vor deren Tür eine rostige Kanone stand, und dem frischgestrichenen rosaweißen Kasino. Josepha kannte alle Händler und kam jedesmal mit einem von Früchten und duftendem Gemüse überquellenden Korb zurück. Sie liebte Meeresfrüchte. Es war ein Erlebnis, ihr zuzusehen, wie sie mit sinnlichem Genuß Austern und Seeigel schlürfte.

Gris ging geradewegs zum Fischhändler. Schon als er sich dem Stand näherte, schlug ihm der Geruch von Jod und frisch geerntetem Leben entgegen. Gerade wollte er die appetitlich aufgereihten Fische mit den blaugrün schimmernden Rücken und den hellsilbrigen Bäuchen bewundern, als ihn eine Hand am Ärmel zupfte. Es war Tom, der Junge, der Béryl vertreten hatte. Sein Onkel hatte die Fische letzte Nacht eingeholt. Glücklicherweise war er vom Sturm verschont geblieben. Die Matrone hinter der Theke nickte ihnen freundlich zu, während sie für eine Kundin Fische filetierte. Gris wandte sich Tom zu.

«Weißt du, was das für Fische sind?»

«Das sind junge Makrelen. Mein Onkel Tonio sagt, eine Schule Delphine hätte sie in sein Netz getrieben. Er hat sie gesehen!»

«Eine Delphinschule?» Plötzlich war die Erinnerung an die nächtlichen Ereignisse wieder lebendig.

«Mit meiner Taucherbrille habe ich unter Wasser einmal einen ganzen Schwarm Makrelen gesehen», erzählte Tom. «Von weitem dachte ich zuerst, es sei ein Wal. Sie schwammen so dicht beieinander und bewegten sich alle exakt gleichzeitig. Ich habe genau hingeschaut: Da war nicht die geringste Lücke zwischen ihnen. Wie ist das wohl möglich?»

«Vielleicht reisen Gedanken schneller als das Licht.»

Gris wunderte sich über seine Antwort, die ihm so rausgerutscht war.

«Sie meinen, die Makrelen würden alle gleichzeitig dasselbe denken? Statt tausend einzelne Fische zu sein, könnten sie zu einem einzigen Wesen verschmelzen?»

Tom fand den Gedanken lustig. Gris betrachtete die grünblauen Muster auf dem Rücken der Makrelen. Sie erinnerten ihn an antike Schriftzeichen. All die Jahre, die er zwischen Papier und Bergen von Briefen und Wörtern verbracht hatte, kehrten mit einem Mal zurück. Er deutete mit dem Zeigefinger auf die Muster und murmelte: «Man könnte meinen, es wären Hieroglyphen oder Runen.»

«Das ist Tarnung», erklärte Tom. «Von oben schimmern die Muster wie Licht, das sich im Wasser spiegelt. Dadurch sind sie von der Wasseroberfläche aus fast unsichtbar.»

Sie ließen sich von dem Lärm, dem Geschrei und dem Geruch von Fleisch und frischen Früchten durch die Menschenmenge treiben. Tom ist kein gewöhnliches Kind, dachte Gris. Hinter seiner Schüchternheit verbarg sich ein echtes Wissen über die Welt des Meeres. Gris hatte Josephas Leidenschaft nicht teilen können. Sie mußte ohne ihn den Strand genießen, in den Wellen baden und mit dem Boot hinausfahren. War es das, was sie getrennt hatte?

Als sie am Ende des Marktes angelangt waren, glaubte er, auf dem Gesicht seines jungen Begleiters eine Spur von Traurigkeit zu lesen. Er fragte ihn nach dem Grund.

«Weil ich an Ma denken muß.»

Die Erklärung schien ihm ausreichend.

«Ma?»

«Das ist der Schwertwal im Delphinarium. Er ist seit siebzehn Jahren dort gefangen. Ich gehe ihn oft besuchen.» Tom wirkte auf einmal sehr eifrig und entschlossen. «Ich habe insgesamt einhunderteinunddreißig Briefe geschrieben, um für seine Freilassung zu bitten. Béryl hat mir ein bißchen geholfen. Wir wollen, daß er wieder zu seiner Familie zurückkann. Er ist sehr krank. Ich fürchte, daß er in der Gefangenschaft stirbt.»

«Haben Wale denn eine Familie?» fragte Gris neugierig.

«Schwertwale sind etwas Besonderes. Wissen Sie, wie lange ein Kalb bei seiner Mutter bleibt?»

«Keine Ahnung. Ein Jahr?»

«Sein ganzes Leben lang!» Toms Stimme bebte unter dem Gewicht dieser Aussage. Er war stolz, sein Wissen mitteilen zu können. «Sie haben ihn nicht weit von hier gefangen. Seine Familie hält sich immer noch hier in den Gewässern auf. Mein Onkel und ich sind schon mehrmals mit dem Boot hinausgefahren, um sie zu beobachten. Ich habe Mas Mutter gesehen. Ich bin sicher, daß sie noch auf sie wartet. Wenn man die Leute bloß überzeugen könnte! Können Sie nicht etwas tun, damit sie wieder freikommt? Sie kennen sich doch so gut mit Wörtern aus.»

«Ich?»

Gris war zutiefst überrascht. Es war lange her, daß jemand mit einer so außergewöhnlichen Bitte zu ihm gekommen war!

Inzwischen hatten sie einen schattigen Platz mit majestätischen Platanen erreicht, die vom Sturm verschont geblieben waren. Jung und alt, groß und klein hatten sich hier mit Klapptischen und Klappstühlen zum Schachspielen zusammengefunden. Es herrschte angespannte Stille. Hier und da fiel ein Ausruf – «Schach!» –, und das Leben kehrte wieder ein.

Der Platz lag auf einem Felsvorsprung über der Bucht. Sie lehnten sich an das gußeiserne Geländer; von hier aus hatte man einen weiten Blick über den Hafen. Tom hielt seine Hände schützend vor die Augen und suchte die Anlegeplätze ab.

«Ich glaube, mein Onkel ist zum Fischen ausgelaufen.»

Gris gefiel die Vorstellung eines durch die Gischt stampfenden Schiffes. Er, der Bootsfahrten stets gemieden hatte, spürte auf einmal den Ruf der hohen See. Sie beschlossen, eine Runde durch den Hafen zu drehen, und schlugen den Weg durch die Hügel der Stadt ein. Gris konnte sich nicht satt hören an allem, was mit dem Meer zu tun hatte, und Toms Geschichtenschatz schien unerschöpflich.

Der Anlegeplatz von Onkel Tonios Boot war leer. Die *Lutin* war ausgelaufen. Toms Enttäuschung war nur von kurzer Dauer. Mit dem Finger deutete er auf ein bulliges, weiß-blaues Holzboot.

«Zum Glück ist da noch die gute alte *Messager*!»

Es war ein stabiler, seetüchtiger Kahn der alten Bauart. Tom wußte auch darüber viel zu erzählen.

«Er wurde im letzten Jahrhundert gebaut. Damals wurden damit Meldungen von einem Schiff zum anderen gebracht. Mein Onkel hat ihn wieder flottgemacht. Früher hat er damit seine Reusen gesetzt, aber jetzt macht er alles mit der *Lutin* und hat den Kahn mehr oder weniger mir geschenkt!»

Dieses «mehr oder weniger» ließ Gris aufhorchen, aber er zog es vor, nicht weiter nachzufragen. Er war nicht überrascht, mit welcher Selbstverständlichkeit Tom auf das Boot sprang und ihn einlud, ihm zu folgen.

«Kommen Sie, man sitzt hier ganz bequem.»

Vorsichtig stieg Gris ins Boot. Er wollte es auf keinen Fall zum Kentern bringen.

«Keine Sorge! Die *Messager* ist seetüchtig. Sie hat mehr Unwettern standgehalten als die meisten Boote hier im Hafen.» Tom nahm ein Ruder vom Boden und hielt es hoch. «Wissen Sie, wie man wriggt?»

«Nein.»

«Schauen Sie zu. Ich zeige es Ihnen, nur hier im Hafen . . .»

Er machte die Leinen los. Der geschickte Handgriff prägte sich tief in Gris' Gedächtnis. Hier geschah etwas sehr Bedeutungsvolles. Mit einem kräftigen Stoß drückte Tom das Boot vom Steg weg. Gris setzte sich vorsichtig auf die Mittelbank. Tom legte das Ruder in die Dolle der Heckbordwand. Für die noch dünnen Arme des Jungen schien das lange Ruder ziemlich schwer, doch in Windeseile beschrieb er mit dem Ruder eine Acht und setzte das Boot in Bewegung. Die *Messager* gewann an Fahrt und hinterließ eine Furche im öligen Kielwasser. Die anmutige Bewegung trieb das Boot schnell voran.

«Wollen Sie mal probieren?»

Gris wollte abwinken, hörte sich aber «ja» sagen. Glücklicherweise war in diesem Teil des Hafens, der den großen Schiffen Platz zum Manövrieren bot, wenig los. Tom legte seine Kinderhand auf Gris' große Pranke und versuchte, ihm die Grundbewegung des Wriggens beizubringen.

«Sie werden sehen, das geht bald wie von allein. Man muß das Ruder seine eigene Bewegung finden lassen.»

Monsieur Gris ließ sich führen. Die Kinderhand stärkte sein Zutrauen. Er schloß für einen Moment die Augen und stellte sich die gleichmäßige Bewegung der Schwanzflosse eines Delphins im Wasser vor. Er vergaß alles um sich herum – Tom, das Ruder, das Wriggen – und glitt in vollkommener Harmonie mit einem Delphin durch einen fließenden Raum. Er schwebte über einer unendlichen Weite. Der Delphin an seiner Seite schoß voran, fast ohne sich zu bewegen. Welch hydrodynamisches Wunder ermöglichte ihm, so mühelos, wie von einem unsichtbaren Motor angetrieben, durchs Wasser zu gleiten?

«Na also, es klappt doch!»

Gris öffnete die Augen. Obwohl Tom längst seine Hand zurückgezogen hatte, schwang er das Ruder automatisch in einer Achterbewegung. Kaum wurde er sich dessen bewußt, kam er durcheinander und fiel aus dem Takt. Als Tom das Ruder übernahm, merkte Gris, daß sie bereits aus dem Hafen heraus waren und auf das offene Meer zusteuerten.

«Keine Sorge, wir machen nur eine kleine Spazierfahrt. Ich mache das oft. Außerdem ist das Meer ganz ruhig.»

Der Ozean war spiegelglatt. Tom hatte recht.

Über so viele Jahre hatte Gris dem Meer

den Rücken gezeigt, und nun befand er sich auf einem Boot, das ein Kind steuerte. Kinder, Delphine, er mußte den einen wie den anderen vertrauen.

Gris sah jetzt zum ersten Mal die Stadt vom Meer aus. Alles wirkte anders. Nichts war wiederzuerkennen. Er hätte schwören können, daß dies nicht seine Stadt war. Schließlich erkannte er die Steinstufen und weiter unten die Buhne, die ins Meer hinausragte. Als sein Blick bei der Mole angelangt war, bemerkte er eine Silhouette unter der Wasseroberfläche. Er wußte sofort, daß es seine Delphinin war. Erschrocken fuhr er zusammen, als Tom schrie:

«Ein Delphin!»

Der Junge hörte auf zu wriggen und ließ die *Messager* ruderlos durchs Wasser gleiten. Seine ganze Aufmerksamkeit galt nur noch den Sprüngen des Delphins.

Gris wußte, daß sie seinetwegen gekommen war. Seine Augen glänzten. Plötzlich tauchte der Delphin senkrecht ins Meer hinab und verschwand. Gespannt starrten sie auf die kreiselnden Wellen an der Oberfläche, in der Hoffnung, der Delphin würde wieder auftauchen.

Als sie schon glaubten, daß er nicht mehr wiederkommen würde, schoß er auf einmal wie ein Korken neben dem Boot aus der Tiefe. Er schien einen sehr langen Tauchgang hinter sich zu haben. Tom jauchzte vor Begeisterung. Zu ihrer großen Überraschung hielt der Delphin etwas in seiner Schnauze. Es war ein runder Gegenstand. Er kam näher ans Boot und streckte seinen glänzenden Kopf aus dem Wasser. Seltsam gelassen wartete Gris, bis die Delphinin an der Breitseite der *Messager* auf seiner Höhe war. Wie schön und anmutig sie war!

Sie hob die Schnauze und hielt ihm zwischen ihren weißen Zähnen den Gegenstand hin, als wollte sie ihm ein Geschenk machen. Sie versuchte offensichtlich, ihm etwas mitzuteilen. Gris wagte schließlich, die Hand auszustrecken und das Ding in Empfang zu nehmen. Ungläubig hielt er einen veralgten Reif in der Hand. Er kratzte mit dem Fingernagel die Algen ab und stieß auf ein ihm vertrautes Muster.

Er ließ den Reif los wie einen glühenden Gegenstand, an dem er sich die Finger verbrannt hatte.

Diesen Armreif mit dem Motiv zweier

ineinander verschlungener Schlangen, dem Symbol grenzenloser Liebe, hätte er unter Tausenden wiedererkannt. Es war Josephas Armreif, von dem sie sich nie getrennt hatte.

Gris wandte sich der Delphinin zu, als erwartete er von ihr eine Erklärung. Doch statt der länglichen Schnauze, der Stirnwulst und den roten, weisen Augen sah er in aller Deutlichkeit Josephas Gesicht.

«Danke!» rief Monsieur Gris und warf den Armreif weit hinaus. Er verschwand für immer in den Tiefen des Meeres.

Der Kreis hatte sich geschlossen, ein neues Kapitel konnte beginnen.

Eine unheimliche Gestalt hockte wie ein Raubvogel auf einem Poller im Hafen und beobachtete das Anlegemanöver der *Messager*. Es war ein kleiner, hagerer und ganz in Schwarz gekleideter Mann mit sehr heller Haut und stechendem Blick. Geschmeidig sprang Jock von seinem Beobachtungsposten, um die Leine aufzufangen. Doch Tom, der gewohnt war, alles alleine zu machen, ignorierte ihn.

Als sie an Land gegangen waren, sprach er sie an:

«Bist du nicht der Neffe von Tonio?»

«Ja, das bin ich», antwortete Tom.

«Und Sie?» wandte er sich an Gris. «Sie habe ich doch kurz nach dem Sturm am

Strand gesehen. Ich erinnere mich an Sie. Eine Gestalt wie Sie vergißt man nicht so leicht.»

«Ich erinnere mich aber nicht an Sie», antwortete Gris lakonisch.

«Kein Wunder», entgegnete Jock. «Sie waren viel zu beschäftigt, diesen Delphin durch die Gegend zu tragen. Meine Freunde und ich haben uns schon gewundert, was Sie wohl mit ihm gemacht haben.»

Gris spürte Toms forschenden Blick.

«Ich habe Sie vorhin neben der Mole beim Wriggen beobachtet», fuhr Jock fort. «Man hätte meinen können, neben dem Boot schwimme ein Delphin.»

«Na und?» fragte Gris.

«Was machen Sie mit den Delphinen?» wollte Jock wissen. «Verkaufen Sie sie ans Delphinarium? Oder an die japanische Konservenfabrik?»

«Wir machen gar nichts damit», antwortete Tom gereizt. «Im Gegenteil, wir wollen, daß sie frei sind.»

«Der Delphin, den Sie mich davontragen sahen», erklärte Gris, «war von den Wellen an den Strand gespült worden. Das Meer war zu aufgewühlt, um ihn einfach zurück ins Wasser zu bringen. Ich habe gewartet, bis sich das Unwetter legte, bevor ich ihn wieder ins Wasser gesetzt habe.»

Tom fragte Jock wütend: «Was wollen Sie eigentlich von uns?»

«Ich will nur wissen, was hier läuft, kleiner Wellenreiter. Es scheint, daß der Sturm eine Gruppe Delphine vor die Küste getrieben hat. Ein Fischer hat mir sogar erzählt, daß sie sehr zutraulich seien und einen auf Reichweite heranlassen würden. Es gibt Leute, die würden ein Vermögen dafür hergeben, einmal einen Delphin streicheln zu können.»

Jock musterte Gris mit arglistigem Blick.

«Und Sie glauben, das würde den Delphinen gefallen, von lauter Fremden gestreichelt zu werden?» fragte Tom empört.

«Das ist ihr Problem. Sie sind frei. Das Meer ist groß.»

Damit wandte Jock sich schulterzuckend ab und verschwand in der Menschenmenge.

Nachdem Jock verschwunden war, gingen Gris und Tom eine Weile schweigend durch den Hafen. Tom hatte sich noch nicht wieder beruhigt und musterte den grobschlächtigen Mann mit unverhohlener Bewunderung.

«Wenn man Sie so anschaut, käme man nie auf die Idee, daß Sie ein Freund der Delphine sind!»

Vor lauter Verlegenheit überhörte Gris die Bemerkung.

«Haben Sie in der Sturmnacht wirklich einem Delphin das Leben gerettet?»

«Ich habe nichts Besonderes getan», murmelte Gris.

«War es derselbe Delphin wie vorhin?» fragte Tom mit klopfendem Herzen.

«Ja, er war es, ich meine, sie war es.»

«Delphine und Wale sind unglaublich treu. Sie sind immer so freundlich zu uns, und wir . . .»

Tom blieb das Ende des Gedankens im Hals stecken. Gris ahnte, daß er an den in Gefangenschaft lebenden Wal dachte. Plötzlich glühten Toms Augen.

«Ma ist so krank, daß sie nicht einmal mehr bei den Vorführungen mitmachen kann. Sie haben sie in ein kleines Nebenbecken gesperrt, wo sie immer allein ist und sicher sterben wird. Wenn man sie doch nur befreien könnte, damit sie noch einmal mit ihrer Familie schwimmen kann! Vielleicht würde sie dann ja auch wieder gesund. Das Becken ist gar nicht weit vom Meer entfernt. Wenn ich doch nur stark genug wäre . . .»

Tom ereiferte sich immer mehr. Er sah Gris mit glänzenden Augen an. Plötzlich huschte ein Hoffnungsschimmer über sein Gesicht.

«Sie könnten doch sicher etwas unternehmen?» fragte er mit entwaffnender Unschuld.

Gris machte einen kleinen Umweg über die Hügel der Stadt, um Tom nach Hause zu begleiten. Danach beschloß er, den Heimweg über die Uferbefestigungen einzuschlagen. Beschwingt lief er die Straße entlang, in Gedanken mit den Ereignissen der vergangenen Tage beschäftigt. Am Jahrestag von Josephas Verschwinden hatte er noch darüber nachgedacht, sich das Leben zu nehmen. Dann war Tom erschienen, kurz vor dem Wirbelsturm, der ihn wiederum zu der Delphinin geführt hatte. Sie hatte ihm gezeigt, daß er am Leben hing, und ihm geholfen, sich von der Vergangenheit zu befreien, um in der Gegenwart leben zu können. Und jetzt verlangte Tom, daß er einen gefangenen Wal befreite!

Tief in Gedanken versunken erreichte Gris die Mühle. Kaum hatte er das Haus betreten, hörte er ein seltsames Fiepen. Eine absurde Hoffnung schoß ihm durch den Kopf:

Vielleicht hatten es sich die Delphine in seinem Wohnzimmer gemütlich gemacht und warteten auf ihn.

Dort fand er jedoch nichts. Er konnte nicht einmal sagen, ob die spitzen, eindringlichen Laute von draußen oder aus seinem eigenen Innern kamen. War es eine Halluzination oder etwas, das von sehr weit her kam, vielleicht eine Botschaft der Delphine?

Das Geräusch lockte ihn auf den Balkon. Dort stand nur eine Azalee, ein Geschenk von Madame Alvarez. Sie war in jämmerlichem Zustand: Herabgefallene Blätter häuften sich am Boden, und die festgebackene, spröde Erde löste sich vom Topf. Das Fiepen wurde stärker und heftiger, je näher er an die Azalee herantrat. Plötzlich wurde ihm bewußt: Die Pflanze war kurz vor dem Verdursten und schrie nach Wasser!

Die Vögel, die Pflanzen, die ganze Stadt litt unter der Hitze. Er rannte ins Badezimmer und füllte die Gießkanne. Er genoß das wohltuend kalte Wasser auf seinen Händen, als fühlte er den Durst der Pflanze am eigenen Leib. Als das Wasser über die

Pflanze rieselte, glaubte er das Glucksen der Zellen, die sich mit Flüssigkeit vollsogen, das gierige Schlürfen der Wurzeln und das pulsierende Rauschen des Lebenssaftes hören zu können.

Das Wasser verband alle Glieder der Lebenskette miteinander: Wale, Vögel, Blumen. Mit dem Wasser, das er hier vergoß, hielt er ein Gut von unschätzbarem Wert in den Händen. Seine eigenen Wurzeln schienen sich nach langer Trockenheit wieder mit Lebenssaft zu füllen.

Synchronizität

«Ich kann nur an einen
tanzenden Gott glauben.»

Friedrich Nietzsche

Es war der kürzeste Tag im Jahr. Für viele bedeutete die Sonnenwende den Beginn einer Zeit der Erneuerung und der Rückkehr des Lichtes nach langer Winternacht. Der Sonnengott kehrte von seiner Wanderung zum anderen Ende der Erde zurück und brachte längere Tage mit. Ein Zyklus ging zu Ende, ein neuer begann: neue Aussaat, neue Ernte.

Die Stadt hatte sich nach dem verheerenden Sturm wieder beruhigt. Bunte Lichterketten blinkten vor den Fenstern. Bei Monsieur Gris schien nur aus einem Fenster Licht: aus dem Badezimmer. Für ihn war die Zeit der Veränderung gekommen. Er stand unter der Dusche und ließ das kalte Wasser lange über seinen Körper rinnen, um sich von seinem Kummer zu befreien – und von seinen Wörtern.

Ja, die Wörter. Nachdem er sie über lange Jahre sorgfältig gesammelt hatte, warf er sie nun mit einem Schwung über Bord, wie ein Ballon, der Ballast abwirft, um Höhe zu gewinnen. Sie strömten aus ihm heraus, als schwemme eine innere Springflut sie weg. Lange blieb er so stehen, genoß den gleichmäßigen Strahl und beachtete den kleinen Bach nicht, der von der Dusche ins Wohnzimmer rann und dort, wo eine Fliese fehlte, in einen kleinen See mündete.

Durch das Rauschen der Dusche drang plötzlich deutlich ein Ruf. Zwei lang anhaltende, wechselnde Töne, die von sehr weit her zu kommen schienen.

Der Delphin?

Triefend sprang er aus der Dusche und blieb wie versteinert stehen: In dem kleinen See badete die Meise. Das Zimmer leuchtete in den Farben der Abenddämmerung. Gris betrachtete den kleinen, zerzausten Stadtvogel, ließ seinen Blick tief in das schwarze Auge des Vogels eintauchen und entdeckte eine gewaltige Kraft. Er stellte auf einmal fest, daß der Kopf des Vogels eine verblüffende Ähnlichkeit mit dem Kopf eines Schwertwals hatte. Auch die schwarzweiße Zeichnung um die Augen war gleich!

«Toms Geschichten machen mich noch ganz verrückt», sagte er zu sich selbst.

Der Vogel beendete sein Bad und wandte sich dem Mann zu, der sich plötzlich seiner äußeren wie inneren Nacktheit bewußt wurde. Wieder rief der Vogel mit seinen zwei langen, durchdringenden Tönen, die wie eine Aufforderung klangen: *'s iiist Zeiiit!*

Kaum war Gris, von plötzlicher Eile getrieben, in seine Kleider geschlüpft, hüpfte die Meise auf das Fensterbrett und flog davon. Gris zögerte keinen Augenblick und setzte ihr nach.

Die Szene barg eine gewisse Komik: Ein Mann von seiner Statur verfolgt eine kleine Meise durch die Straßen der Stadt. Aber genau das mußte er jetzt tun!

Der Vogel flatterte zielstrebig von Straße zu Straße und wartete stets geduldig auf einem Laternenpfahl, einem Hydranten oder einer Parkbank, bis Gris aufgeholt hatte. Dieser sah nur noch den Vogel und vertraute sich ganz seiner Führung an. So gelangten sie schließlich zum Yachthafen. Segelboote lagen vor den Terrassen der Cafés. Der appetitliche Duft von gebratenem Fisch vermischte sich mit dem Geruch parfümierter Sonnencreme.

Die Meise flog unaufhaltsam weiter und lockte Gris in die kleinen, verwinkelten Gassen, wo Frauen ihre Reize feilboten. Der Mann hatte kein Auge für sie, er folgte blindlings dem Vogel zu einem runden Platz mit symmetrisch angeordneten Palmen. Der Vogel flog zum höchsten der teilweise vom Sturm gekappten Bäume und ließ sich auf einer Traube goldener Früchte nieder. Gris konnte das kleine, schwarzweiße Federknäuel hoch oben kaum erkennen.

Statt dessen fiel sein Blick auf ein großes Fresko an einer Mauer. Es zeigte ein gigantisches Wesen mit schwarzem Rücken und weißem Bauch: einen Schwertwal, den König der Meere, der über eine Weltkugel sprang. Das Bild befand sich über dem Eingang des Delphinariums.

Alles war verblüffend einfach und schnell gegangen. Die Meise hatte ihn zu dem Schwertwal geführt, um dessen Leben Tom so leidenschaftlich besorgt war. Er hatte noch deutlich Toms letzte Worte im Ohr: «Sie könnten doch sicher etwas unternehmen?» Man mußte die Dinge auf sich zukommen lassen und nicht versuchen, alles zu verstehen. Noch nicht!

Gris ging zum Eingang, um sich eine Eintrittskarte zu kaufen. Der junge, schmächtige Mann hinter dem Schalter erklärte ihm jedoch, daß sie gerade schließen würden.

Gris stand eine ganze Weile verloren vor dem Eingang. Er bemerkte nicht einmal, daß sein Vogel davonflog.

Jock hatte die Szene aus dem Schutz eines Mauervorsprungs heraus beobachtet und den Vogel nicht aus den Augen gelassen. Er nutzte Gris' Unaufmerksamkeit und nahm unbemerkt die Verfolgung auf. Vielleicht war es ein seltener Vogel! Möglicherweise war auf ihn eine Belohnung ausgesetzt!

Die Meise hatte sich auf einem Pfosten neben einer Hortensienhecke niedergelassen. Jock tastete sich vorsichtig heran. Er wollte begreifen, also mußte er zugreifen! Als Kind galt er unter seinen Freunden als Meister im Steineschleudern. Er konnte auf fünfzehn Meter ein auf einem Ast sitzendes Eichhörnchen treffen. Er hob einen runden Kieselstein auf und wog ihn prüfend in der Hand. Der würde gehen. Er wollte den Vogel lediglich betäuben. Jock hatte keine Bedenken, er hatte eine treffsichere Hand. Der Vogel rührte sich nicht vom Fleck, strich seine Flügel glatt und schien den sich nähernden Schatten nicht zu bemerken.

Der Wurf war schnell und genau. Der Stein traf den Vogel in die Brust. Federn flogen durch die Luft, er geriet ins Schwanken, verlor das Gleichgewicht und stürzte lautlos vom Pfosten. Erwartungsvoll schlich Jock zu dem am Boden liegenden Vogel und packte ihn. Er hielt ihn mit Bauch und Füßen nach oben, so daß er sich nicht mehr bewegen konnte.

Der warme Körper zuckte noch. Jock war unschlüssig. Einerseits hatte er Lust, das kleine, hilflose Tier zu streicheln, andererseits verspürte er den Drang, es in seiner Hand zu zerquetschen. Es war eine gewöhnliche Meise ohne irgendeine Besonderheit. Der Schuß hatte zu gut gesessen. Die Augenlider des Vogels waren halb geschlossen. Er lag im Sterben.

Jock war verunsichert. Hatte er den falschen Vogel erwischt?

Er wollte das Tier gerade in den Busch werfen, als es den Kopf zu ihm drehte. Die Augen waren nun ganz geöffnet. Jock wollte werfen, aber irgend etwas hinderte ihn. Die Meise schaute Jock mit festem Blick an. Er hatte den Eindruck, von einem höheren Wesen bis in sein tiefstes Inneres gemustert zu werden. Der bohrende Blick grub sich tief in sein Gedächtnis. Nie würde er ihn vergessen können.

Die Nacht war schon fast hereingebrochen, als Gris bemerkte, daß der Vogel nicht mehr da war. Er musterte die hohen Mauern um das Delphinarium.

«Wenn ich doch nur stark genug wäre», hatte Tom mit gequälter Stimme gesagt. Aber stark genug wofür? Gris mochte noch so stark sein, auch er konnte weder Mauern durchbrechen noch einen ausgewachsenen Wal wie die junge Delphinin irgendwohin tragen. Der Wal wog mindestens eine Tonne!

Dennoch konnte er sich nicht entschließen fortzugehen. Ohne nachzudenken, lief er die Mauer entlang, vorbei an den Gebäuden zum Parkplatz, und prüfte jeden Zugang zum Delphinarium. Er sah ein vergittertes Tor und ein Stück weiter eine Lücke in der Mauer. Er überlegte, ob es möglich wäre, über das Dach des vor der Mauer geparkten Autos auf die Mauer zu klettern. Sein Herz klopfte schneller. Er war dabei, sich einen Plan zurechtzulegen, wie er unrechtmäßig in die Anlage eindringen könnte. Er ermahnte sich selbst zur Vernunft. Die Idee allein war doch absurd!

Dennoch führte er in Gedanken das Vorhaben schon so weit aus, daß es nur noch auf den Tatbeweis ankam. Der Parkplatz war menschenleer. Das war die Gelegenheit: jetzt oder nie! Er stieg auf den Kotflügel des Autos, von dort aufs Dach, konnte mit den Fingern gerade noch die Mauerkante erreichen, als das Dach unter seinen Füßen plötzlich nachgab. Auf das dumpfe Geräusch des einknickenden Karosserieblechs folgte sogleich das Heulen der Sirene. Damit hatte Gris am wenigsten gerechnet. Erschrocken ließ er los und fiel wie ein nasser Sack auf den Asphalt. Von der anderen Seite des Parkplatzes liefen bereits zwei Gestalten herbei. Er rappelte sich auf und rannte Hals über Kopf davon.

Nachdem er eine ganze Weile wie ein gehetztes Tier durch die Stadt gerannt war, landete er in der kleinen Gasse mit den roterleuchteten Fenstern, durch die ihn auch die Meise am Nachmittag geführt hatte.

Plötzlich stand eine dunkle Gestalt vor ihm und versperrte den Weg. Völlig außer Atem fand sich Gris Auge in Auge mit Jock, der ihn mit seinem stechenden Blick musterte.

«Was hetzen Sie denn so durch die Gegend? Wem laufen Sie denn jetzt schon wieder nach?»

Jock hatte ein schlechtes Gewissen. Der Zwischenfall mit dem Vogel ließ ihm keine Ruhe.

«Nur ein Mißverständnis, nichts weiter», stammelte Gris und versuchte, seinen Atem unter Kontrolle zu bringen.

Eine junge, mandeläugige Frau gesellte sich zu Jock und flüsterte ihm etwas ins Ohr. Er nickte und lud Gris auf ein Glas in eine Seemannskneipe ein, wo er Stammgast zu sein schien. Gris nahm die Einladung an, denn trotz dessen drohenden Verhaltens empfand er keine Abneigung gegen den hageren, etwas unheimlichen Mann.

Sie setzten sich an einen der hinteren Tische der verrauchten Kneipe, Gris auf der einen Seite des Tisches, Jock und seine Freundin Zora ihm gegenüber. Jock fragte ohne Umschweife:

«Also, jetzt mal ehrlich, was ist das für eine Geschichte mit den Delphinen?»

Gris seufzte. Da er mit dieser Frage nicht gerechnet hatte, fiel ihm nichts anderes ein, als die Wahrheit zu sagen.

Jock und Zora nippten an ihrem Bier und hörten ihm aufmerksam zu. Er berichtete, wie Josepha vor sieben Jahren verschwunden war, wie der Sturm ausbrach und der Delphin an Land gespült wurde. Er wußte, daß sie ihm nur die Hälfte glaubten, war aber froh, ihnen die Wahrheit erzählen zu können, mochte sie noch so unglaubhaft klingen.

«Zumindest ist es eine schöne Geschichte», schloß Zora, nachdem Gris geendet hatte.

«Delphine, Delphine, überall Delphine», erwiderte Jock unwirsch. «Auf den Waschmittelpackungen, auf den T-Shirts, sogar auf den Briefmarken! Ich kapier das nicht. Was ist so besonders an ihnen?»

«Vielleicht können wir außergewöhnliche Dinge von ihnen lernen. Sie zwingen uns umzudenken», antwortete Gris.

«Aber es herrscht soviel Armut in der Welt», gab Zora zu bedenken. «Glauben Sie nicht, daß wir uns zuerst um die Menschen kümmern sollten?»

Gris seufzte. «Wer weiß? Vielleicht kümmert man sich auch um die Menschen, wenn man sich um die Delphine kümmert. Denken Sie nur daran, wie Delphine auf den Menschen wirken. Allein das Wort ‹Delphin› löst selbst bei den starrköpfigsten Nörglern ein Lächeln aus.»

«Alles dummes Geschwätz.»

Jock hatte sein Bier auf einen Zug ausgetrunken und schnalzte abfällig mit der Zunge.

«Nein!» widersprach Gris mit einer Entschiedenheit, die selbst ihn überraschte. «Delphine sind kein dummes Geschwätz, wie Sie sagen. Ganz im Gegenteil. Sie sind in der Lage, ohne Worte zu kommunizieren. Sie schwimmen, spielen, lieben sich in den Meeren. Für uns ist das Leben ein ewiges Hindernisrennen. Für sie ist es ein Spiel.»

Gris schwieg, überwältigt von seinem unerwarteten Redefluß. Der schwarzweiße Kopf des Schwertwals tauchte vor ihm auf. Entschlossen wandte er sich an Jock:

«Ich muß unbedingt in das Delphinarium hinein.»

«Warum?» fragte Jock verwundert.

«Um den Schwertwal zu sehen.»

Jock und Zora schauten sich ratlos an.

«Der Wal ist krank», erklärte Gris.

«Und was wollen Sie mit ihm machen?» fragte Zora.

Was sollte er darauf antworten? Daß er Tom helfen wollte, daß er einer Meise gefolgt war?

«Nennen Sie es eine Spinnerei oder was immer Sie wollen», winkte er ab.

«Warum warten Sie nicht bis morgen, wenn das Delphinarium wieder aufmacht?» fragte Zora nüchtern.

«Ich muß *jetzt* hinein», antwortete Gris und stand auf.

Jock konnte der Versuchung nicht widerstehen. Zum einen war ihm jede Gelegenheit, ein paar Kröten zu verdienen, willkommen, zum anderen war er neugierig herauszufinden, was er nun wirklich von diesem Riesen und seinen Delphingeschichten zu halten hatte.

Als sie das Gittertor am Ende des Parkplatzes erreicht hatten, wurde Jock unruhig.

«Ich würde lieber einen Juwelierladen knacken», flüsterte er, «da weiß man wenigstens, wozu das gut ist! Ich weiß noch immer nicht, was Sie da drin wollen, und im übrigen will ich Vorkasse», fauchte er.

Gris zuckte die Achseln und zog seinen Geldbeutel hervor. Jock nahm schweigend drei Scheine entgegen und bedeutete ihm zu warten.

Gris dachte einen Moment, daß Jock wohl die Gelegenheit nutzen würde, sich aus dem Staub zu machen, doch wider Erwarten kam er kurz darauf mit einem Wagenheber zurück und machte sich am Vorhängeschloß zu schaffen. Die Handgriffe schienen für ihn reine Routine zu sein, jedenfalls brauchte er nur wenige Sekunden, bis das Schloß aufsprang. Während Gris das Gittertor aufstieß, verschwand Jock wortlos im Dunkeln. «Seltsamer Mensch», dachte Gris und stand plötzlich im Delphinarium.

Das große Hauptbecken war leer. Er bestaunte eine Weile die Tribünen und versuchte, sich die Sitzreihen voller Menschen und begeisterter Kinder vorzustellen.

Er hörte ein tiefes Schnauben, das aus der dunklen Nacht zu ihm herüberdrang. Er entdeckte etwas abseits ein kleineres Bekken, dessen glatte Wasseroberfläche vermuten ließ, daß es ebenfalls leer war. In der Mitte erhob sich eine Insel. Plötzlich setzte sich die Insel in Bewegung. Im Zwielicht der Nacht hatte Gris nicht gesehen, daß es sich um den schwarzen Rücken eines Schwertwals handelte.

Ma trieb fast reglos an der Wasseroberfläche.

Er hatte nicht damit gerechnet, daß sie so groß war. Er hatte sich einen großen Delphin vorgestellt, nicht aber ein Tier von der Größe eines Wals. Obwohl sie sich nicht bewegte, strahlte Ma eine übernatürliche Kraft aus. Doch die große Rückenfinne hing schlaff und kraftlos zur Seite.

Viele Jahre hatte der Wal in dieser Wüste aus Beton und Chlorwasser überlebt, aber nun schien sein Ende nicht mehr weit. Gris spürte, wie sich alles in ihm gegen diese offensichtliche Aussichtslosigkeit aufbäumte. Tom hatte tausendfach recht! Der Wal mußte befreit werden! Er mußte zurück ins Meer zu seiner Familie.

Gris suchte die Umgebung ab, als hoffte er, hier eine Lösung zu finden. Diese Mauern! Das Meer war so nah! «Wenn ich doch nur stark genug wäre.» Toms Worte hallten in seinem Kopf wie ein Refrain. Die Gedanken überschlugen sich. Er trat wieder an den Beckenrand. Vielleicht hatte der Wal ja eine Antwort?

Dieser schien gar keine Notiz von ihm zu nehmen und bewegte sich kaum, aber Gris war überzeugt, daß er sich seiner Anwesenheit bewußt war. Er ahnte, daß sich hinter der starren Maske ein reger Geist und ein unvorstellbar komplexer Denkapparat verbargen. Schon lange vor den ersten Menschen lebten Wale und Delphine auf diesem Planeten. Wer weiß, wie sie sich in diesen Millionen von Jahren entwickelt haben? Vielleicht haben sie geheimnisvolle Kräfte entwickelt, von denen die Menschen gar nichts wissen? Gris ließ den Wal nicht aus den Augen. Wäre es denkbar, daß sich Wale auf einer geistigen Ebene bewegen, die für den Menschen verborgen und viel reicher ist, als wir es uns vorzustellen vermögen?

Ihm kam ein verrückter Gedanke. Was wäre, wenn er hier im Becken nur den ausgelaugten Körper des Wals vor sich hätte, sein Geist aber ganz woanders, Tausende von Meilen oder Lichtjahre entfernt, verweilen würde?

Plötzlich tauchte Jock wie ein schwarzer Engel neben ihm auf. Sein Gesicht war verzerrt, und er fuchtelte mit einer blitzenden Klinge herum. Irgendwie machte er diesen Mann für den Tod des Vogels, der ihm nicht mehr aus dem Kopf ging, verantwortlich. Er spürte noch den Abdruck des zerquetschten kleinen Körpers in seiner Hand.

«Ihr Geld . . .» keuchte er. Der gigantische, reglose Körper in dem kleinen Becken machte ihn nervös, aber es war zu spät: Er konnte nicht mehr zurück.

Gris dagegen war froh, Jock wiederzusehen. Er wollte diesen einzigartigen Augenblick mit jemandem teilen. Das Geld schien ihm nebensächlich.

«Dort ist er!» sagte er und deutete auf den Wal.

«Versuchen Sie nicht, mich abzulenken mit Ihren albernen Delphingeschichten. Die Kohle her!»

Gris hielt ihm den Geldbeutel hin.

«Hier, nehmen Sie alles.»

Jock griff nach dem Portemonnaie. Er haßte diese Freigebigkeit. Ihm wäre Widerstand lieber gewesen. Gris kehrte ihm indessen den Rücken und wandte sich wieder dem Wal zu. Jock stürzte sich auf ihn und hielt ihn fest.

«Jetzt sagen Sie mir die Wahrheit, warum sind Sie hier?»

Gris drehte sich gelassen um und schaute ihm in die Augen.

«Sie sind verrückt!» rief Jock.

Seine Stimme hallte. Die Versuchung war groß, die Klinge einfach in diese breite Gestalt zu bohren; sie schien ihn buchstäblich dazu einzuladen.

Plötzlich schoß neben ihnen ein gewaltiger Wasserstrahl aus dem Wasser, und aus einem Bündel speiender Geysire erhob sich eine riesige schwarze Gestalt. Für den Wal war diese Übung nichts Ungewöhnliches, sie war Bestandteil des Vorführungsprogramms. Er tauchte bis kurz vor den Beckenrand und stieg unmittelbar vor dem staunenden und erschreckten Publikum in einem Schwall von Wasser und Schaum senkrecht in die Luft. Jock sah jedoch nicht einen Wal aus dem Wasser aufsteigen, sondern einen gigantischen Vogel, eine schwarzweiße, tonnenschwere Meise, die aus tiefster Tiefe kam. Bei dem Anblick dieses unglaublichen Schauspiels lief es ihm kalt über den Rücken. Vor dieser mächtigen Kreatur war er nur noch ein winziger Wurm.

Der «Vogel» drehte den Kopf zu ihm und durchbohrte ihn mit finsterem Blick. Jock hatte erneut das Gefühl, von einem höheren Wesen bis in sein tiefstes Inneres gemustert zu werden.

Zu Tode erschreckt, stieß er Gris mit voller Wucht gegen das bedrohliche Ungeheuer und rannte, so schnell er konnte, davon. In seiner Panik sah er nicht, daß sein Opfer auf den Beckenrand stürzte, bevor es wie ein Stein ins Wasser fiel.

Monsieur Gris liegt am Beckengrund. Leblos, zusammengerollt wie ein schlafendes Kind, willenlos im fließenden Raum zwischen Leben und Tod. Benommen und erfüllt von unendlicher Sehnsucht, zu schlafen und tief, unendlich tief zu sinken.

Er schwebt zwischen zwei Wassern, spürt weder Kälte noch Wärme und braucht nicht mehr zu atmen. Josepha kann nicht weit sein in diesem stillen Ozean, in den er langsam hinübergleitet.

Jede Zelle seines Körpers wird vom Meer gerufen. Der Ozean – Quelle allen Lebens, Gedächtnis der Welt. Gris läßt alles los. Er ist bereit, eins zu werden mit dem Blau der Tiefe, als Plankton oder Blauwal. Er ist bereit, für immer und ewig mit den unsterblichen Delphinen zu ziehen, eins zu werden mit ihnen! Endlich!

Auf einmal ruft wieder diese körperlose Stimme: «Jetzt hast du dich fürs Leben entschieden!» Warum?

Einige Meter über ihm treibt der Schwertwal reglos an der Wasseroberfläche. Er scheint den Ertrinkenden nicht wahrzunehmen. Steht auch er an der Schwelle zum grenzenlosen Universum der vereinten Seelen? Der Tod ist da, er ist ganz nah.

Nur noch wenige Minuten, dann wird Monsieur Gris tot sein. Sauerstoffmangel. Der gleiche Sauerstoff, den Ma so mühsam atmet. Sie werden gemeinsam sterben, im selben Wasser.

Doch etwas in Mas tiefstem Innern will nicht loslassen – eine Stimme!

Eine zarte Stimme, die Stimme der Delphinin, der jungen Zauberin aus dem Reich der tausend Vulkane. Ma lauscht. Die Delphinin erzählt von dem Mann, der sterben wollte. Von der Traurigkeit, die auf seiner Welt lastete. Von dem Mann, der sich selbst rettete, indem er den Delphin rettete, und der gekommen war, um Ma zu retten.

Vielleicht ist dieser Mann ein Zeichen. Ein Zeichen dafür, daß die Menschen bereit sind! Ma hört alles. Die dicksten Mauern können den Geist nicht aufhalten. Die Delphinin singt eine Legende, die seit Urzeiten in allen Meeren der Welt gesungen wird: die Legende des großen Bundes.

Vor langer, langer Zeit waren Mensch und Delphin eins. Dann kam die Zeit der Spaltung, die Zeit der Wahl. Die einen wählten das Meer, die anderen das Land. Die Legende sagt, daß irgendwann der Tag kommen wird, da die Menschen bereit sein werden, den großen Bund zu erneuern. An diesem Tag werden Mensch und Delphin auf der ganzen Erde miteinander tanzen.

Ma ist ganz Ohr. Ihr Geist ist allgegenwärtig. Er erinnert sich an die Zeit, von der die Legende erzählt. Die Delphine haben die Menschen seit alters wie ihre eigenen Kinder behandelt. Ma hört die Schmerzens- und Todesschreie der Millionen Delphine und Wale, von Harpunen zerfleischt, in Fischernetzen elend ertrunken, von den Abfällen der Menschen vergiftet. Sie sterben durch die Hand der Menschen und hören dennoch nicht auf, sie zu lieben und zu beschützen.

An die Stelle der Schmerzensschreie treten die Begeisterungsrufe der kleinen Zuschauer, die Ma in ihrem Becken bewundern. Für Augenblicke vergißt sie ihre Gefangenschaft. Kinder schlagen die Brücke zwischen Mensch und Wal.

Sind die Menschen bereit?

Bereit, auf die Delphine zu hören?

Wir alle wiegen uns im Schoß der lebendigen Erde. Wir sind eins und doch viele.

Unser Denken und unser Handeln bestimmen die Welt. Das Leben ist Einheit in Vielfalt.

Für Monsieur Gris ist es fast zu spät.

Nur einige hundert Meter entfernt, in den ruhigen Wassern der Bucht, spürt die Delphinin, daß Gris' Leben auf Messers Schneide steht, und sie beginnt zu tanzen, mit Leib und Seele zu tanzen.

Eine leichte Strömung wühlt das Wasser im Becken auf; Monsieur Gris fühlt die wogende Bewegung. Der Wal beginnt, sich im Rhythmus des tanzenden Delphins zu wiegen, und sinkt langsam zu Boden. Reglos liegt dort der Mann, der auf ihn zu warten scheint. Behutsam schiebt Ma die große Flosse unter seinen Rücken und hebt ihn hoch. Mit riesenhafter Hand drückt sie ihn fest an ihre weißschimmernde Brust und schwimmt mit ihm nach oben.

In den Armen eines Engels schwebt Monsieur Gris den Sternen entgegen.

Endlich wird er erfahren, was ihn auf der anderen Seite erwartet.

Ma hält ihn fest. Brust an Brust atmen sie gemeinsam, tauchen gemeinsam aus dem Wasser.

Gemeinsam werden sie der Welt wiedergeboren, durchströmt und verzaubert von derselben Melodie.

Sie tanzen – irgendwo zwischen Wasser und Himmel.

Im selben Augenblick . . .

... Im selben Augenblick, nicht weit davon entfernt, auf der belebten Uferpromenade.

Die Hände in den Taschen, den Kopf voll quälender Fragen, schlendert Tom über den Kai. Plötzlich sieht er im Vorhafen an mehreren Stellen Wasser in die Luft spritzen. Sein Puls steigt. Eine Gruppe Delphine springt im Hafenbecken herum, dort, wo er einige Stunden zuvor mit Monsieur Gris entlanggerudert war.

«Seht! Dort!» ruft er spontan.

Von den Rufen angelockt, eilen Schaulustige und Fischer herbei. Jeder will die Delphine sehen. Tom würde sie gerne von nahem anschauen und bittet ein junges Mädchen mit langen Haaren, ihn auf ihrem Moped mitzunehmen. Auch sie will näher heran. Als sie die Mole erreichen, bemerkt Tom, daß die Delphine nicht wild durcheinanderschwimmen, sondern Kreise ziehen.

«Sie tanzen», ruft Tom voller Begeisterung.

Immer mehr Menschen drängen sich auf der Mole, klatschen Beifall und heißen die Delphine willkommen. Tom spürt eine Hand auf seiner Schulter und bekommt eine Gänsehaut. Die Hand gehört dem Mädchen, das entzückt die Delphine beobachtet und plötzlich mit größter Selbstverständlichkeit sagt:

«Sie möchten, daß wir mit ihnen tanzen.»

Bald ist die Mole vor lauter Menschen nicht mehr zu sehen. Blitzlichter zucken. Das lokale Fernsehen versucht das Spektakel mit Kameras einzufangen.

Tom und das Mädchen hocken sich auf einen Felsen, der aus der Brandung ragt. Im Licht der Scheinwerfer erkennt er in der Mitte des großen Reigens einen Delphin mit einer Kerbe in der Finne. Tom weiß, daß es der Delphin von Monsieur Gris ist. Welch ein Jammer, daß ausgerechnet ihm dieses unglaubliche Schauspiel entgeht!

Jemand faßt Toms Hand. Das Mädchen flüstert ihm ins Ohr: «Tanz mit mir.»

... im selben Augenblick, an Bord der Lutin, *etwa vierunddreißig Meilen südwestlich der Bucht.*

Tonio beobachtet die unruhige Wasseroberfläche und die in der Dunkelheit silbrig glänzenden Schaumspritzer. Er glaubt zunächst, daß es sich um eine Thunfischschule auf Beutejagd handelt. Er startet sein Boot und will näher heranfahren. Lino, ein philippinischer Seemann, der ihm beim Fischen hilft, ruft als erster: «Es sind Schwertwale!»

In zwanzig Jahren Hochseefischerei hat Tonio dergleichen noch nie erlebt. Vor seinen Augen, mitten auf hoher See, hat sich eine riesige Herde Schwertwale versammelt: Kühe mit ihren Kälbern und Bullen mit Finnen wie masthohen schwarzen Schwertern. Elegant und anmutig schwimmen sie im Kreis, ihre erhabenen Finnen heben und senken sich im fahlen Schein des Mondes wie die Pferde auf dem Karussell aus Tonios Kindertagen.

Wie im Märchen. Auch die Matrosen staunen sprachlos. Einige haben Angst. Tonio spürt ein Kribbeln im Magen. Er denkt an seinen Neffen Tom, der Delphine und Wale über alles liebt und wie David gegen Goliath für die Freiheit eines Schwertwals kämpft. Eine alte Wunde reißt auf. Eines Tages hatte Tonio sechs Delphine in seinem Netz gefunden, wovon zwei noch ganz jung waren. Als er sie an Bord zog, waren sie bereits alle tot – ertrunken inmitten der Fische. Er hat Tom nie davon erzählt. Er brachte es nicht übers Herz. Glückselig betrachtet Tonio an diesem Abend die tanzenden Wale. Wenn Tom doch bloß da wäre.

. . . im selben Augenblick, im Hydroakustischen Forschungsinstitut von Dam Neck in Virginia.

Das plötzliche Blinken der Warnlämpchen reißt den Diensthabenden jäh aus dem Halbschlaf. Er versteht nicht, warum die Lämpchen auf den Kontrollbildschirmen leuchten.

Die inzwischen zivil genutzte ehemalige Militärbasis der Navy ist mit äußerst empfindlichen Hydrophonen ausgestattet, mit denen auch die geringste Erschütterung am anderen Ende des Ozeans aufgezeichnet und geortet werden kann. Das Meer ist in erster Linie ein riesiges Orchester. Die «Fledermausohren» stehen Tag und Nacht auf Empfang. Während des kalten Krieges dienten sie der Aufklärung feindlicher U-Boote. Was die Geräte jedoch hauptsächlich aufzeichneten, waren zur großen Überraschung der Militärs Walgesänge. Manche Laute kamen von sehr weit her und waren Fetzen über unvorstellbare Entfernungen hinweg geführter Gespräche.

Der Diensthabende reibt sich den Schlaf aus den Augen. Über die gesamte Fläche des Ozeans, von Norden bis Süden, melden die Hydrophone an mehreren Stellen sogenannte «AAA». Im hausinternen Fachjargon ist ein AAA eine «Anomale Akustische Aktivität». Das kann alles sein, vom UFO bis zum Vulkanausbruch unter Wasser.

Merkwürdig erscheint dem Diensthabenden, daß alle Signale, obwohl ihre Quellen Tausende von Meilen voneinander entfernt sind, exakt zur gleichen Zeit gesendet wurden. Solch eine Synchronizität ist nur mit Hilfe hochmoderner Technologie möglich. Gerade als er einen Vorgesetzten im Institut benachrichtigen will, fällt sein Blick auf die graphische Aufzeichnung der Laute. Der Verlauf der Kurve kommt ihm bekannt vor. Er erinnert sich an die akustischen Signalkurven, die er einige Monate zuvor an der Ozeanographischen Universität analysiert hatte, und plötzlich begreift er: Das sind Stimmen von Walen!

Aber wie ist es möglich, daß Wale, die sich an völlig verschiedenen Orten des Ozeans befinden, absolut simultan Laut geben?

Und vor allen Dingen, was hat das zu bedeuten?

Aus aller Welt kamen Berichte über das außergewöhnliche Verhalten der Wale und Delphine an diesem Tag des niedrigsten Sonnenstands. Man kam zu dem unglaublichen Ergebnis, daß, unter Berücksichtigung des Zeitunterschieds, ihr Tanz überall auf der Erde auf die Sekunde genau zur gleichen Zeit begonnen hatte.

Satellitenbilder bestätigten diese Feststellung. Im Nu verbreitete sich die Nachricht in der ganzen Welt. Die Medien sprachen von nichts anderem mehr. Delphine und Wale waren Thema Nummer eins in Presse, Funk und Fernsehen. International anerkannte Experten ergingen sich in fruchtlosen Hypothesen, wie das einzigartige Phänomen zu erklären sei. Wie war es den Walen weltweit gelungen, sich so präzise abzustimmen?

Viel Tinte floß zum Thema Sonnenwende. Die Behauptung wurde aufgestellt, daß Delphine über außergewöhnliche Kenntnisse der Astronomie verfügten und möglicherweise Boten von Außerirdischen seien.

Einige glaubten, der Grund für den «Tanz» sei in Wirklichkeit eine geomagnetische Störung gewesen. Ebenso könnten Phänomene wie ein Sonnensturm oder ein Vulkanausbruch unter Wasser physiologische Reaktionen bei Meerestieren hervorrufen. Andere behaupteten, daß die Delphine mit diesem beeindruckenden Schauspiel den Menschen eine Botschaft des Friedens und der Liebe überbringen und sie zum Schutz der Meere und des gesamten Planeten aufrufen wollten. An der Wende zum dritten Jahrtausend kündigte dieses übernatürliche Ereignis endlich die Geburt eines planetaren Bewußtseins an.

Zumindest hatten die Delphine, weit über ihre Darbietung hinaus, die Menschheit mit grundlegenden Fragen konfrontiert: Hatte man die Intelligenz der Cetaceen vollkommen unterschätzt? Waren Menschen möglicherweise in der Lage, sich ebenfalls ohne technische Hilfsmittel aufeinander einzustimmen? Gab es vielleicht eine höhere Frequenz, die alle Lebewesen, vom kleinsten Pantoffeltierchen bis zum größten Blauwal, miteinander verbindet?

Eine Art «delphinischer Geist» schien auf die Menschheit herabzukommen.

Übersinnlich begabte Menschen auf der ganzen Welt behaupteten, in direktem Kontakt zu Delphinen zu stehen. Sie erklärten, sie seien so etwas wie «Antennen», und beantworteten Fragen mit leicht verstellter Stimme, als seien sie selbst Delphine.

Der merkwürdigste Fall war der eines jungen Mädchens aus dem Vorort einer Großstadt, das noch nie das Meer gesehen hatte und dennoch die Fragen der Walforscher in allen Einzelheiten beantworten konnte.

Als ein Journalist den Präsidenten vor laufenden Kameras auf den sozialen und wirtschaftlichen Einfluß des «Delphineffekts» – wie man das Phänomen inzwischen nannte – ansprach, antwortete dieser mit überraschend ernstem Unterton:

«Vielleicht müßten wir die Menschheit einfach delphinisieren . . .»

Regenbogen

«Wer verzeiht, kann nicht irren.»

Bernard Moitessier

Während sich die Stadt den letzten Vorbereitungen auf die Silvesterferien widmete, kletterten Tom und Monsieur Gris den steilen Pfad zu dem Felsen hinter der Stadt hinauf. Die Ereignisse, an denen sie nicht ganz unbeteiligt gewesen waren, ließen noch immer in allen Teilen der Erde die Wogen hochgehen.

«Die Menschheit delphinisieren», wiederholte Gris etwas außer Atem, «verstehst du, was das heißt, Tom?»

Er blieb stehen, um die Landschaft zu genießen. Unter ihnen lagen die Stadt und der Hafen, eingebettet in die schützende Bucht. In der Ferne waren die blauen Schatten der Berge zu sehen.

Aufgeregt sprang Tom von Stein zu Stein. Schließlich erklärte er strahlend:

«Es scheint, daß wir in das Zeitalter des Delphins eintreten und daß das die Erklärung für alles ist.»

«Siehst du, welch universelle Bedeutung der Delphin hat? Für die einen ist er eine Art Retter, ein Erlöser, für die anderen ein Schutzengel.»

«Für mich zählt nur eins: Ma», sagte Tom im Brustton der Überzeugung. «Ich kann es noch kaum glauben, daß sie freigelassen werden soll. Das ist zu schön, um wahr zu sein. Es ging alles so schnell.»

«Wenn alle Tropfen zusammenfließen, bildet sich eine Flutwelle, die nichts und niemand aufhalten kann.»

«Jedenfalls bin ich jetzt sicher, daß sie nicht sterben wird, denn sie weiß, daß sie zu ihrer Familie zurückkann.»

Toms Freude war ansteckend.

«Nicht zuletzt hast auch du dazu beigetragen, du kleiner Tropf», sagte Gris zärtlich.

«Ich?» fragte Tom überrascht. «Aber ich habe doch gar nichts gemacht. Es war das Werk der Delphine. Es war ihr Tanz, der alles ins Rollen gebracht hat.»

«Es ist eine Spirale ohne Anfang und Ende», sagte Gris.

Sie gingen weiter. Gris suchte sich für das letzte und steilste Stück des Weges einen knorrigen Stock als Stütze. Seine Gedanken kreisten immer wieder um die Delphinin. Letztlich hatte alles damit angefangen, daß sie an den Strand gespült worden war.

Tom hüpfte auf den dicken Graskissen wie auf einem Trampolin herum. Mit einem verschmitzten Lächeln rief er:

«Manchmal frage ich mich, ob das Ganze nicht von Anfang an von den Delphinen so geplant war.»

«Willst du damit sagen, daß die Delphine längst unter uns sind?» fragte Gris mit einem Augenzwinkern.

Sie hatten den Gipfel erreicht und standen nun vor der Ruine des alten Wachturms. Von hier oben hielt man früher Ausschau nach feindlichen Segelschiffen. Jetzt lag hier nur noch ein großer Steinhaufen, der mehr und mehr unter dem wuchernden Unkraut verschwand und Kaninchen und Krähen als Unterschlupf diente.

Die beiden setzten sich in das dichte Gras am Fuß der Ruine und genossen die Aussicht über die Bucht. Vor dem Hintergrund des weiten Ozeans wirkten die Segel- und Fischerboote, die vor Sonnenuntergang noch den Hafen zu erreichen suchten, der Strand und die Gebäude der Stadt wie Modellbauten. Die Menschen wimmelten wie Ameisen zwischen winzigen Spielzeugautos durch die Straßen.

«Hast du dir noch nie vorgestellt, du könntest den Lauf der Dinge allein mit der Kraft deiner Gedanken beeinflussen?» fragte MGris, ohne den Blick vom geschäftigen Treiben am Hafen abzuwenden.

«Na klar!» erwiderte Tom forsch. «Fast alle Science-fiction-Helden können das. Aber bei mir funktioniert es nicht.»

«Oder es funktioniert, ohne daß du es merkst.»

Gris lächelte, den Blick auf das Blau des Himmels gerichtet.

«Aber ich sagte Ihnen doch, mir fehlt die Begabung dazu», beharrte Tom.

«Die Begabung ist das Leben. Wir alle haben sie. Ob wir wollen oder nicht, unsere Gedanken, unser Tun und unser Handeln beeinflussen den Gang der Dinge. Heißt es nicht, daß der Flügelschlag eines Schmetterlings Tausende Kilometer entfernt einen Wirbelsturm auslösen kann?»

«Aber ich, wie soll ich als einzelner hier

in meinem Eckchen irgendwas bewirken?» fragte Tom immer noch ungläubig.

«Glaubst du nicht, daß du neulich, als du an meine Tür geklopft hast, eine Menge Dinge in Gang gesetzt hast? Siehst du, welch gewaltige Wellen eine einfache Geste auslösen kann? Selbst der Eremit hat trotz seiner völligen Einsamkeit in den Bergen Anteil am Lauf der Weltgeschichte. Alle Lebewesen, klein oder groß, gestalten das Schicksal der Gesamtheit.»

Mit ausladender Geste deutete Gris auf den Horizont. Plötzlich glaubte er, einen funkelnden Punkt im Wasser wahrzunehmen. Ein kleiner Stern. Sein Delphin?

«Ist unsere Erde nicht schön? Aus dem Nichts geschaffen und in den unendlichen Raum geschleudert. Und wir, winzige Menschen, klammern uns an ihrem Rücken fest wie –»

«Wie Flöhe an einem Hund?» ergänzte Tom.

Beide schüttelten sich vor Lachen.

«Wenn wir mit allem, was lebt, in Schwingung treten könnten», fuhr Gris fort, «könnten wir vielleicht alle gleichzeitig in eine gemeinsame Tanzbewegung fallen, so wie es die Delphine in der Nacht der Sonnenwende gemacht haben.»

«Aber was würde danach geschehen?» fragte Tom.

«Das wird man sehen. Vielleicht werden wir allein mit der Kraft des Geistes zu anderen Sternen reisen können.»

Tom schaute zum Himmel und rief:

«Schauen Sie! Das sieht aus wie ein Schwertwal!»

Zwei ineinandergreifende Wolken zogen über den Himmel. Eine war weiß, die andere dunkel. Tom strahlte, als wäre Ma bereits frei und würde über den Himmel springen. Die beiden Wolken verschmolzen zu einer großen grauen, unförmigen Masse, die einen dunklen Schatten über die Bucht warf. Mit Wasser gesättigt, platzte sie und ergoß sich über das Meer wie ein seidener Vorhang, in dessen Falten sich die Strahlen der untergehenden Sonne brachen. Vor soviel ergreifender Schönheit konnte Gris nicht länger sitzen bleiben. Er wollte fliegen, sich wie ein aus dem Käfig befreiter Adler in die Tiefe stürzen und wieder emporschwingen, er wollte mit dem Delphin schwimmen, quer über Himmel und Meere.

Wenn Wasser und Licht sich mengen … Aus dem Schoß der fruchtbaren Wolke entsprang ein Regenbogen. In hohem Bogen sandte er sein Licht über den leeren Raum auf Tom und Monsieur Gris herab.

Wenige Schritte von ihnen entfernt tollte eine Kaninchenfamilie herum, tanzte eine wilde Sarabande in der Abenddämmerung, aber die beiden Menschen sahen sie nicht. Sie hatten nur Augen für das Farbenspiel. Die Wellen des Lichtbogens pulsierten in ihren Körpern. Schwarz, Orange, Rot, Gelb, Grün, Blau, Weiß. Die Farben flossen in ätherischen Kaskaden zusammen, die sie in ihrem tiefsten Innern erleuchteten.

Gris hob die Hände zum Himmel und stieß einen Schrei der Befreiung aus.

Endlich fühlte er sich *eins*: eins mit der Erde, dem Meer und dem Himmel, dem gesamten Universum, eins mit dem Leben.

Eric-Emmanuel Schmitt

Monsieur Ibrahim
und die Blumen des Koran

Erzählung

Aus dem Französischen von
Annette und Paul Bäcker

Band 16117

»Das ist ein unendlich zartes, schönes, liebevolles Buch.«
Elke Heidenreich

Manchmal klaut Moses, der in Paris lebt, Konserven im Laden von Monsieur Ibrahim und glaubt, dass dieser noch nichts gemerkt hat. Doch der hat den jüdischen Jungen schon längst durchschaut. Denn Monsieur Ibrahim, der für alle nur »der Araber an der Ecke« ist, sieht mehr als andere. Er ist ein verschmitzter Weiser, der viele Geheimnisse kennt, auch die des Glücks und des Lächelns.

»Lustig und traurig, poetisch und
verschmitzt – eine Geschichte, die man am liebsten
in der ganzen Welt verteilen würde.«
Hamburger Abendblatt

»Die Erzählung gehört zu den wenigen Büchern,
die glücklich machen.«
Brigitte

»Ein philosophischer Leckerbissen.«
Le Matin

Fischer Taschenbuch Verlag

fi 16117 / 1

Eric-Emmanuel Schmitt
Oskar und die Dame in Rosa
Erzählung
Aus dem Französischen von
Annette und Paul Bäcker

Band 16131

Oskar ist erst zehn, aber er weiß, dass er sterben wird. „Eierkopf" nennen ihn die anderen Kinder im Krankenhaus. Doch das ist nur ein Spitzname und tut nicht weiter weh. Schlimmer ist, dass seine Eltern Angst haben, mit ihm über die Wahrheit zu reden. Da bringt ihn Madame Rosa auf die Idee, über alles nachzudenken, was ihn bewegt – in 13 Briefen an den lieben Gott. Unsentimental und unerschrocken erzählen Oscars Briefe von Liebe, Schmerz, Freude und Verlust.

»Dieses schmale Bändchen schlägt alle Rekorde ...
eine Geschichte, die ergreifend ist, tief traurig,
stellenweise komisch – und zum Weinen schön.
Sie ist ein kleines Wunder zwischen
zwei Buchdeckeln.«
STERN

»Der französische Autor Eric-Emmanuel Schmitt
ist auf dem besten Weg, hierzulande
zum Kultautor des Jahres zu werden.«
dpa

Fischer Taschenbuch Verlag

fi 16131 / 1